O Protegido

Por que o país ignora as terras de FHC

Alceu Luís Castilho

Dados Internacionais de Catalogação na Publicação (CIP)
(eDOC BRASIL, Belo Horizonte/MG)

Castilho, Alceu Luís.

C352p   O protegido: por que o país ignora as terras de FHC /
Alceu Luís Castilho. – São Paulo, SP: Autonomia Literária, 2019.

217 p. : 14 x 21 cm

ISBN 978-85-69536-57-4

1. Brasil – Política e governo. 2. Cardoso, Fernando Henrique, 1931-.

3. Presidentes – Brasil. I. Título.

CDD 320.981

Elaborado por Maurício Amormino Júnior – CRB6/2422

Coordenação editorial
Cauê Seignemartin Ameni, Hugo Albuquerque & Manuela Beloni

Preparação
Natalie Lima Hornos

Capa
Rodrigo Guilherme de Melo Corrêa

Diagramação
Vanessa Nicolav

Autonomia Literária & De Olho nos Ruralistas

2019

2ª edição

O Protegido

Por que o país ignora as terras de FHC

Alceu Luís Castilho

Prefácio: 11
Mino Carta

Introdução: 15
A face agrária do príncipe

FHC, o Canavieiro: 21
Em Botucatu (SP), Fernando Henrique se tornou dono de canavial
Fazenda dos Cardoso fica em área de mananciais

De Motta a FHC: 39
Entenda como Sérgio Motta transformou FHC em pecuarista
Em Minas, presidente criou gado e despejou MST com Exército
Durante o governo, embates com MST e apoio ao agronegócio

De FHC a Jovelino: 61
Por que Jovelino Mineiro é o braço agrário da família Cardoso
FHC vendeu touros em Rancharia (SP), na fazenda de Jovelino
Em 1994, eleição foi comemorada em fazenda paradisíaca

De Jovelino a Abreu Sodré: 79
No famoso apartamento de Paris, o DNA da família Abreu Sodré
Em Teodoro Sampaio (SP), Jovelino arrenda fazenda para Odebrecht

De FHC a Jonas: 95
Quem pagava a mesada de Mirian Dutra em Paris?
Jonas Barcellos tem império agropecuário e trânsito político

De Jovelino a Odebrecht: 109

Advogado de FHC representou Emílio e Jovelino em assembleia
Empresa de Odebrecht e Jovelino tem BNDESPar como sócia
Diretor da ReceptaBio declara-se grato a Emílio Odebrecht

De Odebrecht a FHC: 127

Denúncia contra Fernando Henrique foi arquivada em um mês
Fazendas da Odebrecht se estendem por seis estados

De FHC aos empresários: 139

Fundação fica no mesmo prédio que a Sociedade Rural Brasileira
Fundação FHC promove agronegócio e prestigia Museu do Zebu
Superintendente da Fundação FHC nega conflito de interesses
Onde estão os empresários que bancaram a criação da Fundação FHC

Dos empresários a Jovelino: 163

Antes de falir, Grupo Espírito Santo aliou-se a Jovelino em Botucatu
Emílio, Jovelino e advogado de FHC compõem a direção do Masp

De Jovelino à imprensa: 181

Jovelino Mineiro foi um dos fundadores do Terra Viva, da Band
Cunhada de pecuarista é casada com Richard Civita

Imagens: 193

Conclusão: 209

Blindagem de Fernando Henrique vai além da Lava Jato

Para minha avó materna, Maria José da Paixão (1893-1987),
trabalhadora rural, cortadora de cana.

"Os papéis podem ser rasgados. Lidos com segundas, até com terceiras e quartas intenções. Milhões de sentidos. Podem ser esquecidos. Falsificados. Roubados. Pisoteados. Os fatos não. Estão aí. São mais fortes que a palavra. Têm vida própria. Atenhamo-nos aos fatos".

(Augusto Roa Bastos, "Eu, o Supremo")

10

PREFÁCIO

Por Mino Carta[1]

Todo jornalista, dizia um dos mestres, há de ter a alma de repórter. De fato, batem asas no peito de alguns, movidos pelo impulso de buscar a verdade dos fatos e iluminar a consciência do leitor ou dos ouvintes. Alceu Luís Castilho é um destes profissionais midiáticos abençoados pela importância da tarefa, ou da missão, se preferirem, cumprida à risca. Jornalista autêntico como pretendia aquele mestre. E a missão é decifrar um dos mais vistosos hipócritas nativos, qual fosse uma cariátide dos palácios genoveses capaz de pisar o solo comum.

Este enredo começa um ano atrás, julho de 2018, por uma magistral reportagem de capa assinada por Alceu e publicada por *Carta Capital*. O protagonista é um professor universitário aposentado que se tornou presidente da República e amealhou uma fortuna além de conspícua: terras férteis para a cana-de-açúcar, gado de raça e cavalos resignados, de apartamentos de alentado espaço no exterior e no País, uma fazenda habilitada a se apresentar como grife arquitetônica. A comparação com Lula, processado e condenado sem provas por obra de uma tramoia (nem posso dizer jurídica) que lhe atribui a propriedade de um triplex de 200 metros quadrados em uma praia de farofeiros, onde FHC não passaria nem mesmo poucas horas, obra de ficção maligna, como demonstram as recentes revelações do site *The Intercept*.

Já na reportagem, Alceu perguntava-se como se deu que a transparente abastança do ex-presidente tucano não tenha despertado, em momento algum, a mais pálida sombra de suspeita. Cadê a corte suprema que permitiu a ofensa fatal à Justiça vendada?

---

1 Mino Carta é jornalista, editor, escritor, empresário ítalo-brasileiro, fundador e atual editor-chefe da Carta Capital.

Pois FHC, além de ser cotado, não se sabe por quem, para príncipe dos sociólogos (Paulo Henrique Amorim o definia como "Farol de Alexandria"), tornou-se, graças às estripulias tucanas, o príncipe da casa-grande.

Não é por acaso que ele tenha recomendado "esqueçam o que escrevi", a bem de um perfeito encaixe à sombra do reacionarismo mais abjeto. Um ano depois, Alceu volta à carga com um livro, *O Protegido – Por Que o País Ignora as Terras de FHC*. Trata-se de um aprofundamento das informações da reportagem de capa, algo assim como arredondar as provas sobre as dimensões e o alcance do império fernandista. Complemento rico, diria mesmo definitivo. Em um país democrático e civilizado, FHC estaria riscado de vez do mapa político e moral. Diga-se que ele teve dois guias de certa forma incomparáveis no caminho da riqueza, dois experts na colheita de bem disfarçados golpes de mão onde se apresentava a oportunidade de ouro, Serjão Motta e Jovelino Mineiro. Este casado com Carmo, filha de Roberto de Abreu Sodré, a valorizar a linhagem. Neste trajeto, comparecem pecuaristas, banqueiros e empreiteiros, sempre prontos a secundar os diversos projetos de grandeza do seu herói protegido.

O afinadíssimo Alceu de um ano atrás e o de hoje fecham o círculo de maneira irretocável, como é praxe para um jornalista com alma de repórter, mas a pergunta fica ainda sem resposta: por que o ex-presidente tucano, aquele mesmo que quebrou o País três vezes e comprou votos no Congresso para abocanhar a reeleição, não desperta suspeitas em relação a um poder econômico aparentemente inalcançável para um professor universitário aposentado? A resposta está nas entrelinhas do livro: porque FHC sempre cuidou de agradar ao pessoal da casa-grande.

Seu esquerdismo se reduziu a torcer por Emil Zatopek, a locomotiva humana de além Cortina de Ferro, na São Silvestre de 1953. Seu exílio no Chile consta entre suas melhores atuações, mesmo porque não houve por parte da ditadura ameaça alguma a justificá-lo. Até agora, fortes dúvidas se alargam em relação à célebre teoria da dependência, se deve mais a Enzo Falletto do que ao parceiro brasileiro. Maria da Conceição Tavares apontava nele o ouvinte atento às falas alheias, capaz de reproduzi-las com outras palavras para seu uso e consumo com a expressão impassível de Buster Keaton.

Certa vez, entrevistei o ex-presidente na véspera da eleição de 1994 e logo de saída constatei que à época de uma visita ao Brasil de Jean-Paul Sartre ele professava declaradamente a religião "vermelhinha". "Não, não – respondeu de bate-pronto –, naquele tempo eu já misturava Marx com Weber." Observei então que no prefácio do seu primeiro livro, *Capitalismo e Escravidão no Brasil Meridional*, tese do seu doutorado, ele mesmo escrevera ter usado a bem da sua análise o "método dialético marxista". "Bem lembrado – comentou –, mas na segunda edição retirei a referência."

Grande tormento da vida de FHC foi mesmo Lula, de quem cultivou uma inveja invencível e se distinguiu, além de outras diferenças, pela desfaçatez sem limites, e o sentimento agudíssimo nem arrefeceu diante da perseguição insana contra o líder do Partido dos Trabalhadores, ex-presidente como ele. Não somente evitou qualquer pronunciamento a respeito, e lhe caberia ao cabo de uma trajetória muito badalada pela mídia nativa, que, depois de celebrá-lo como salvador da pátria, passou a enxergá-lo como o Oráculo de Delfos. A resposta à pergunta de Alceu está aí, na viscosa habilidade de escapar das dividas para tornar-se um dos mais autorizados intérpretes da reação no infeliz país da casa-grande e da senzala.

O jornalista com alma de repórter e, no espaço de um ano, a prova dos nove de uma abastança além de suspeita

Nestas nossas plagas brutalmente desiguais, uma figura desse porte fica credenciada a cometer todos e quaisquer pecados com a certeza da impunidade. Irretorquível o ato de acusação do jornalista Alceu, vão, no entanto, para atingir o inatingível, o hóspede cativo da mansão dos senhores, com todos os méritos para tanto. Resta aos leitores do livro de Alceu o retrato fiel de FHC e de suas ambições de duvidoso aristocrata do saber, mas certamente da grana.

Inverno de 2019

14

INTRODUÇÃO

A face agrária do príncipe

Fernando Henrique Cardoso voltou a ser dono de canavial em Botucatu (SP). Como em 2012. Ele tinha deixado, por alguns anos, de ser sócio da empresa agropecuária Goytacazes Participações Ltda. E, por isso, as duas propriedades rurais no interior paulista estavam apenas em nome de Beatriz, Luciana e Paulo Henrique Cardoso, seus filhos.

Em 2018, a série de reportagens "FHC, o Fazendeiro" - publicada no observatório De Olho nos Ruralistas - revelou a existência desse canavial. Naquele ano, Fernando Henrique não figurava como sócio. O capital social da empresa era de R$ 5,7 milhões. Em um ano, deu um salto, para R$ 8,9 milhões. Exatamente com a parte de FHC.

A prosperidade empresarial da família Cardoso ocorre apesar de uma perda relevante para a Goytacazes: uma das duas propriedades rurais em Botucatu, a menor delas, de 36 hectares, foi desapropriada pela prefeitura local. Pelo valor simbólico de R$ 5. Motivo: acordo amigável. No local será construída uma represa.

As terras restantes serão valorizadas. Entre elas, a Fazenda Três Sinos, de 205 hectares. Com a vizinhança de uma represa e as mudanças do Plano Diretor do município, em 2017, propriedades como a do sociólogo que governou o país entre 1995 e 2003 poderão se tornar chácaras de recreio.

Essas informações se baseiam em documentos e declarações oficiais. Mas o enredo não atraiu a atenção da imprensa brasileira. Salvo a CartaCapital, que decidiu fazer uma capa sobre o tema. Globo, Folha, Estadão, Valor, Band, Record, SBT e companhia continuam ignorando os fatos. Por quê?

O Judiciário brasileiro mostrou-se bem mais preocupado com as movimentações em torno de um sítio em Atibaia, o

Santa Bárbara, de 3 hectares. Pertencente a Fernando Bittar, mas atribuído a outro ex-presidente, Luiz Inácio Lula da Silva. A disputa narrativa tem seu equivalente midiático: o "sítio de Lula" motivou centenas de reportagens.

Essa desproporção é o principal motivo para se transformar a série "FHC, o Fazendeiro" em livro. Com atualizações e com uma nova divisão, agora inspirada em personagens centrais para a trama. Entre eles, Emílio Alves Odebrecht e Jovelino Carvalho Mineiro Filho. O patriarca da empreiteira e a eminência agrária de FHC. Sócios.

"De Motta a FHC" mostra como o ex-ministro Sérgio Motta teve um papel decisivo na transformação do sociólogo em fazendeiro. Inicialmente, um pecuarista. A fazenda Córrego da Ponte, em Minas, foi um foco de tensão ao longo das duas gestões de Cardoso. Com direito a expulsão de camponeses pelo Exército.

O sucessor de Motta na sociedade foi exatamente Jovelino Mineiro. Os capítulos dedicados ao empresário, "De FHC a jovelino", são uma pista para se entender sua influência junto a Fernando Henrique - que o chama carinhosamente de Nê. Mas quase toda esta trama - inclusive a história do canavial - passa pela vasta rede política e econômica por ele construída.

Por exemplo, o famoso apartamento em Paris. "De Jovelino a Abreu Sodré" mostra como o ex-governador biônico - e apoiador do golpe de 1964 - Roberto de Abreu Sodré estendeu seu poder a Jovelino e, em consequência, FHC. Era ele o dono do imóvel na Avenue Foch, herdado por Maria do Carmo Mineiro, a mulher de Jovelino, e utilizado pelo ex-presidente.

"De FHC a Jonas" traz outro personagem relacionado à trama parisiense: Jonas Barcellos Corrêa Filho. Novidade: o pai de Jonas presidia em Minas o instituto de empresários que bancou a derrubada de João Goulart. Embora não tão próximo de FHC como Jovelino, Barcellos tem desenvoltura junto ao poder - em particular, o alto tucanato.

E assim chegamos a uma das principais motivações para esta pesquisa iniciada em 2017: as relações de FHC com a Odebrecht.

Que motivos haveria para o ex-presidente ficar "melindrado" com investigações na Operação Lava Jato, conforme preocupação exposta pelo ex-juiz Sérgio Moro em conversa (revelada pelo Intercept Brasil) com o procurador Deltan Dallagnol?

"De Jovelino a Odebrecht" e "De Odebrecht a FHC" ajudam a responder essa pergunta. Ou, pelo menos, a expor algumas dúvidas. Por que, por exemplo, o advogado de Fernando Henrique Cardoso representou Jovelino Mineiro e Emílio Odebrecht em uma assembleia da empresa de genética onde os dois são sócios? Onde começa e onde termina essa rede de amizades?

A Odebrecht, segundo Emílio, financiou campanhas de FHC. E foi uma das financiadoras do Instituto Fernando Henrique Cardoso, hoje Fundação FHC. Isso saiu no Jornal Nacional - e foi o motivo para o início desta pesquisa, ainda em 2017, diante dos esclarecimentos evasivos feitos pelo ex-presidente.

Outras duas partes do livro, "De FHC aos empresários" e "Dos empresários a Jovelino", mostram o papel de Jovelino Mineiro na articulação desses empresários, dos empreiteiros - entre eles Emílio Odebrecht - aos banqueiros. Onde estão eles, dezessete anos após o jantar no Palácio do Alvorada que selou o apoio à fundação?

Alguns desses empresários tiveram problemas com a Justiça, como Luiz Nascimento, da Camargo Corrêa, e os portugueses do Grupo Espírito Santo. A história de Ricardo Espírito Santo e companhia passa também por Jovelino Mineiro e por Botucatu, sede do canavial dos Cardoso. Mas a imprensa brasileira parece ter se esquecido da família Espírito Santo.

"De Jovelino à imprensa" mostra como Jovelino, Jonas e Grupo Espírito Santo decidiram criar o próprio canal de imprensa, o Terra Viva. E como Nê tem relação direta com a família Civita, conhecida pelo antigo império do grupo Abril. Nesses casos a imprensa deixa de ser apenas a suposta mediadora e se esgueira como protagonista.

As duas partes intituladas "FHC, o Canavieiro" abrem e fecham o livro, já com a imprensa como tema transversal. A história do sociólogo que se tornou canavieiro é também a história de uma omissão - e de uma blindagem. Não é apenas um juiz ou um procurador que toma Fernando Henrique Cardoso alguém muito especial.

É um sistema. Costurado politicamente por FHC, mas enraizado no velho mundinho das elites brasileiras. O nome da empresa agropecuária do sociólogo, "Goytacazes Participações", oferece uma falsa pista: os povos indígenas não têm nada a ver com isso. Esta é a história dos outros 500 anos - dos que mandam e dos que abocanham o território.

Não à toa, quase todos os personagens do livro aparecem como mecenas e como figuras beneméritas de algumas das principais instituições culturais do país, do Masp à Osesp. A disputa política se desenha de forma indissociável da disputa por imagens. Do outro lado dos canaviais e dos touros há brasileiros delicados emocionando-se com quadros e sinfonias.

O príncipe da sociologia brasileira é a mais completa tradução desse pêndulo.

FHC, O CANAVIEIRO

Em Botucatu (SP), Fernando Henrique se tornou dono de canavial

Propriedades somam 242 hectares e estão em nome da Goytacazes Participações, que voltou em junho de 2019 a ter FHC como sócio; Jovelino Mineiro foi dono de empresa vizinha

Andar pelo canavial de Fernando Henrique Cardoso em Botucatu (SP) traz uma certa sensação de clandestinidade. Não porque possa aparecer algum caseiro para impedir. Não há porteiro, não há nem cercas - apenas em algumas propriedades vizinhas. Placa de identificação? Nada disso.

A sensação vem à tona porque a notícia passa despercebida. Fosse outro personagem da história brasileira recente, aquele polígono já teria sido esquadrinhado. Então você caminha por aquele lugar inóspito sentindo-se o primeiro e o último dos repórteres.

Antes de me decidir ir a Botucatu, enviei para lá - como editor do De Olho nos Ruralistas - o repórter Igor Carvalho e a repórter audiovisual Vanessa Nicolav. Eu já estava na reta final da série "FHC, o Fazendeiro", publicada em maio de 2018, e faltavam informações sobre as duas propriedades no interior paulista.

A prefeitura local divulgara informações sobre a localização exata das duas fazendas. Para efeito de desapropriação. Portanto a tarefa dos repórteres era saber o que havia ali. E documentar o que se mostrou ser um canavial, nas margens do Rio Pardo, em área de proteção de mananciais. Com fotos, com drone, com tudo. Como o leitor poderá ver no fim do livro.

As duas fazendas no município do centro-sul paulista estão em nome da empresa Goytacazes Participações Ltda, até fevereiro de 2019 registrada em Osasco, na Grande São Paulo. Os sócios, antes dessa última alteração, eram Beatriz, Luciana e Paulo Henrique Cardoso. Mas o ex-presidente decidiu voltar a ser dono da empresa.

No dia 12 de fevereiro de 2012, quando foi criado o empreendimento, figurava entre eles o nome de FHC. Na época, o sócio-administrador. Exatamente no período em que foi publicada a série de reportagens, ele não estava mais entre os sócios. Chegou a enfatizar essa condição. No dia 15 de fevereiro de 2019, voltou, conforme os dados registrados no dia 04 de junho pela Junta Comercial do Estado de São Paulo (Jucesp).

Ele não somente retornou à sociedade, mas o fez na condição de principal sócio. Ele possui agora R$ 3,24 milhões do total de R$ 8,94 milhões da Goytacazes. Ou seja, 36,5% do total. Luciana (a atual sócia-administradora), Beatriz e Paulo Henrique mantiveram a cota da distribuição anterior, com R$ 1,9 milhão cada. Totalizando R$ 5,7 milhões, capital social anterior à volta do patriarca.

Quem mora e trabalha na região confirma o que se vê nas imagens aéreas, gravadas em 2018, e caminhando: ali só tem cana-de-açúcar. Mais nada. Contíguas, a Fazenda Três Sinos e a Fazenda Rio Pardo estavam sendo arrendadas. Para quem? Não descobrimos. E o ex-presidente não quis responder.

No local está sendo construída uma barragem. Aquela é a região da Cachoeira Véu da Noiva, um dos principais pontos turísticos do município. Exatamente na divisa com a cachoeira fica uma das únicas cercas do pedaço. Do lado oposto, outra cerca faz fronteira com a empresa Central Bela Vista - que já pertenceu a Jovelino Carvalho Mineiro Filho, o Nê.

Os dados divulgados pela prefeitura de Botucatu em um decreto de utilidade pública – com coordenadas geográficas, divisas naturais, propriedades fronteiriças com números de matrícula – ofereciam detalhes sobre as propriedades. Os mesmos que constam das escrituras.

No local, mesmo antes do retorno do sociólogo à Goytacazes Participações, todos confirmavam ao repórter Igor Carvalho o nome do dono principal: as terras "são do Fernando Henrique".

MUITO ALÉM DO ARAME FARPADO

Saindo de São Paulo, são quase três horas até as propriedades, quase na fronteira com o município de Pardinho. À esquerda da Estrada Municipal Sho Yoshioka começa uma estreita via de terra, com muitos buracos e curvas sinuosas. Por oito quilômetros, o eucalipto toma conta do cenário, ocupando a maior parte das fazendas no trajeto.

O canavial dos Cardoso se impõe na beira da estrada. E chama a atenção por sua dimensão. Um dos lados do polígono faz fronteira com as terras da Central Bela Vista – estas com cerca, portaria e logo da empresa. A reportagem entrou no meio do canavial, de carro, foi até perto da represa, voltou. Nenhuma alma. E alguns poucos fios de arame farpado.

Os proprietários nunca foram vistos. Por cinco horas, na primeira visita ao local, em maio de 2018, despontaram apenas nove pessoas. Três delas eram filhos de um caseiro. Perguntado sobre a Fazenda Três Sinos, um trabalhador vizinho disse: "Olha, essa fazenda que você está mencionando não fica aqui, é mais para cima, de frente com a propriedade do senhor Fernando Henrique Cardoso".

É que há outra Fazenda Três Sinos, homônima da fazenda dos Cardoso. Mas diferente: com placa, com jeito de fazenda. Em frente dela, o canavial. Em outra propriedade vizinha, o gerente afirmou: "Essa cana aí é tudo do Fernando Henrique. Isso aqui é tudo do Fernando Henrique, essa cana toda aí. É o que a turma fala, eu sou novato aqui".

Durante o retorno dos repórteres a São Paulo, o condutor de um trator confirmou o que se diz na região, num tom que mistura orgulho com uma aura de mistério: "Todo mundo aqui sabe que essa fazenda aí é do doutor Fernando Henrique, mas nunca vi ele aqui não".

25

PREFEITO DESAPROPRIOU PARTE DAS TERRAS

O prefeito de Botucatu, Mário Pardini (PSDB), desapropriou 76 dos 242 hectares em abril de 2018, para construir uma represa. Contaremos isso com mais detalhes no próximo capítulo. A área desapropriada fica exatamente na divisa com a Cachoeira Véu da Noiva, uma área da prefeitura.

Dona das duas fazendas, a empresa Goytacazes Participações ficava, até 2019, no mesmo endereço contábil de empresas do pecuarista Jovelino Mineiro. A primeira propriedade é a Fazenda Três Sinos, com 204,77 hectares, matriculada no 1º Oficial de Registro de Imóveis da Comarca de Botucatu com o número 28.854.

A Fazenda Três Sinos da família FHC faz divisa com a outra Fazenda Três Sinos, da empresa Santo Amaro Reflorestamento, uma sociedade entre Ivan Zarif Junior, Santo Amaro Participações e Rosemary Maluf Zarif, na estrada Botucatu-Pardinho. Essa Três Sinos, com outro número de matrícula, tem plantio de eucaliptos desde os anos 70.

A propriedade dos Cardoso foi comprada exatamente de Zarif, em 2012. Ela faz divisa também com a Fazenda Pinheiros, a Estância Santa Marta, o Sítio Santa Emília, a Fazenda Santa Ignes e a Fazenda Campo Verde, da Central Bela Vista – que também teve terras desapropriadas. Os limites naturais da propriedade são a Cachoeira Véu da Noiva e o Rio Pardo, um dos principais da Bacia do Paranapanema.

A Fazenda Rio Pardo, de 36,54 hectares, está matriculada no mesmo cartório com o número 28.850. Faz fronteira com a Fazenda São José, da Schincariol Agropecuária, com a Estância Helena, o Sítio Santa Emília, com outra fazenda chamada Rio Pardo e, novamente, a outra Fazenda Três Sinos. Além da Cachoeira Véu da Noiva.

Essa fazenda já não pertence aos Cardoso. Foi integralmente desapropriada pela prefeitura. Qual a diferença em relação à outra propriedade, a irmã maior Três Sinos? Isso não é visível. Só se pode concluir que ela fica mais perto da represa. A cana-de-açúcar será tomada pela água.

POR QUE A ESCOLHA DE BOTUCATU?

A escolha de Botucatu para a compra das propriedades passa pelo nome de Jovelino Mineiro. Ele possui um latifúndio com milhares de hectares ainda em Botucatu, do outro lado da Rodovia Castelo Branco. Chegou a explorar as terras em parceria com os portugueses do Grupo Espírito Santo. E possui outras propriedades na região, como a Fazenda Bela Vista, em Pardinho.

A figura de Jovelino Mineiro - sócio de Emílio Odebrecht em uma empresa de genética - é central para entender duas coisas. Primeiro, a face agrária de Fernando Henrique Cardoso. Em segundo lugar, certas teias empresariais. Por isso ele disputa o protagonismo deste livro com seu compadre.

O canavial de FHC faz divisa com a empresa de genética bovina Central Bela Vista[1], vendida pelo pecuarista – antigo parceiro de Fernando Henrique na fazenda em Buritis (MG) – para um grupo holandês em 2011, o CRV. Muito embora o prefeito de Botucatu, ao falar nos proprietários que fizeram acordo para desapropriação, ainda faça agradecimento específico a Jovelino Mineiro.

A Goytacazes Participações, da família FHC, foi criada no ano seguinte. Junto com a alteração do capital social, de R$ 5,7 milhões para R$ 8,94 milhões, diante do retorno do ex-presidente à sociedade, o endereço contábil também mudou: de Osasco para a Rua Funchal, em São Paulo. Mas a principal mudança foi mesmo o retorno do patriarca. Quase nonagenário, Fernando Henrique Cardoso decidiu voltar a ser dono de canavial.

---

1 CENTRAL BELA VISTA. Disponível em: http://www.centralbelavista.com.br/. Acesso em 25 de maio. 2019

Fazenda dos Cardoso fica em área de mananciais

Uma das duas propriedades da família às margens do Rio Pardo foi desapropriada para a construção de uma represa; a outra será valorizada pelo empreendimento

O Movimento dos Trabalhadores Rurais Sem-Terra (MST) não conseguiu ficar com terras da família de Fernando Henrique Cardoso. Mas a prefeitura tucana de Botucatu (SP), sim. A maior parte da Barragem do Rio Pardo, que abastecerá o município, será construída em terras que pertenciam à Goytacazes Participações Ltda, de Beatriz, Luciana, Paulo Henrique e Fernando Henrique Cardoso.

Em 2018, porém, quando foi feita a cessão, o ex-presidente não figurava entre os sócios da empresa. Ele ficou alguns anos de fora, como mostram os dados da Junta Comercial do Estado de São Paulo (Jucesp). O órgão confirmou o retorno de FHC em junho de 2019.

O anúncio do acordo com a Goytacazes foi feito pelo próprio prefeito, Mário Eduardo Pardini Affonseca (PSDB), em seu Facebook, no início de abril de 2018, após reunião com Luciana Cardoso, a filha do meio de Fernando Henrique, sócia-administradora da empresa.

O prefeito informou que os 76 hectares da família Cardoso foram desapropriados amigavelmente, "por um valor simbólico". "Este ato demonstra o espírito público do ex-presidente, que viabilizou 27% da área total para finalizar o projeto", escreveu Mário Pardini.

Ele já tinha assinado no dia 2 de março daquele ano uma declaração de utilidade pública das áreas, "para fins de desapropriação amigável". Como veremos no último capítulo, isso já foi feito no caso de uma das duas fazendas da família, por um valor mais do que simbólico: R$ 5. O investimento da prefeitura na barragem é de R$ 50 milhões.

A imprensa nacional, salvo CartaCapital, não divulgou a desapropriação. A imprensa local, sim[2]. As demais revistas e os principais jornais do país não se interessaram pelo tema, mesmo após a divulgação de uma extensa série de reportagens no De Olho nos Ruralistas. E após reportagem de capa em CartaCapital, em julho de 2018, com detalhes específicos sobre as propriedades e a futura represa.

Nem todos os proprietários fizeram acordo amigável. A área da Schincariol Agropecuária, por exemplo, foi reivindicada na justiça. A Sabesp fez um depósito judicial de R$ 6,67 milhões para a desapropriação de oito áreas[3].

LUGAR PODE TER CHÁCARAS DE RECREIO

No caso da família Cardoso, foram desapropriados 40 dos 205 hectares da Fazenda Três Sinos. E os 36,5 hectares da Fazenda Rio Pardo, contígua. As fazendas ficam nas margens do Rio Pardo, um afluente do Rio Paranapanema que nasce na Serra do Limoeiro, em Pardinho, e atravessa logo em seguida o município de Botucatu.

As duas fazendas pertencem à Goytacazes Participações Ltda, empresa que, em 2019, voltou a ser registrada em nome de Fernando Henrique Cardoso. Durante pouco mais de dois anos, como vimos no capítulo anterior, a empresa esteve apenas em nome de seus filhos Beatriz, Luciana e Paulo Henrique Cardoso.

---

2 LEIA NOTÍCIAS. Botucatu: Família de Fernando Henrique Cardoso assina doação de área para represa do Rio Pardo. Disponível em: https://leianoticias.com.br/botucatu/botucatu-familia-de-fernando-henrique-cardoso-assina-doacao-de-area-para-represa-do-rio-pardo/. Acesso em 26 de maio. 2019

3 BOTUCATU ONLINE. Sabesp deposita R$ 6 milhões para desapropriações de áreas da Represa do Rio Pardo. Disponível em: http://www.botucatuonline.com/2019/01/05/sabesp-deposita-r-6-milhoes-para-desapropriacao-de-areas-da-represa-do-rio-pardo/ Acesso em: 29 de junho. 2019

O processo de desapropriação foi iniciado em 2017. A nova barragem, a nove quilômetros da Represa do Mandacaru, abastecerá o município durante décadas, segundo a prefeitura. Ela terá 319 hectares, entre os quais 164 hectares de Área de Preservação Permanente – em um município com apenas 10% de vegetação nativa e 40% do território ocupado por eucaliptos.

As duas propriedades – com números de matrícula 28.850 e 28.854 - ficam numa área de proteção de mananciais localizada na Área de Proteção Ambiental Corumbataí, Botucatu e Tejupá, que protege as cuestas, o Aquífero Guarani e a biodiversidade única da região, na fronteira entre Mata Atlântica e Cerrado.

O projeto da Secretaria de Planejamento é que todo o entorno da represa se torne uma atração turística. Com a construção de "chácaras de recreio" ao redor. A reportagem teve acesso a um email de uma autoridade da Companhia Ambiental do Estado de São Paulo, a Cetesb, que confirma a meta de fatiamento, e posterior loteamento, das fazendas.

Isso significa que todas as propriedades sobreviventes à desapropriação serão valorizadas. "Pela descrição, é um lugar que ele não deveria estar ocupando", diz João Batista de Oliveira, da ONG Nascentes e um dos membros do Conselho Municipal de Defesa do Meio Ambiente (Comdema). "Ele não pode mexer nessa parte que foi doada, não está fazendo isso porque é bonzinho".

Pelo menos desde 2015 em pauta, o projeto da represa foi concebido na gestão tucana anterior, de João Cury (2009-2016). O então governador Geraldo Alckmin, candidato derrotado à Presidência pelo PSDB, avalizou o projeto, a cargo da Companhia de Saneamento Básico do Estado de São Paulo (Sabesp), empresa mista ligada ao governo estadual.

O prefeito Pardini era superintendente regional da Sabesp durante a gestão Cury. Para efetivar a licença ambiental foi acionada a Cetesb de São Paulo, capital. A Cetesb concedeu no dia 7 de junho de 2018 a licença prévia para a barragem. Foi aberto um período de 30 dias para manifestação, por escrito, de qualquer interessado. A validade é de cinco anos.

Durante a campanha eleitoral, em 2018, o governador João Doria (PSDB) informou que o auxílio à efetivação da represa era "um compromisso de governo", diante do "risco constante de desabastecimento de água". "O projeto da barragem é viável e propomos também articular conversas com o governo federal para viabilizar", afirmou[4].

Em janeiro de 2019, a prefeitura de Botucatu assinou um contrato de R$ 42,7 milhões com a Caixa Econômica Federal para o financiamento da barragem. A cerimônia contou com a presença do ministro das Cidades, Alexandre Baldy. O início está previsto para 2021[5].

A Companhia de Saneamento Básico do Estado de São Paulo (Sabesp) licitou o projeto no dia 4 de abril de 2019. Cinco empresas participaram da concorrência. A empresa DP Barros Pavimentação e Construção Ltda fez uma oferta de R$ 44,3 milhões e foi a vencedora, em consórcio com a Novatec Construções e Empreendimentos Ltda e a ETC Empreendimento e Tecnologia em Construções Ltda[6].

Os ambientalistas reclamam da falta de negociação com a sociedade civil, embora as obras afetem uma área de preservação importante de nascentes, nas bordas do Rio Pardo, um dos principais afluentes do Rio Paranapanema, e na região

---

4 NOTÍCIAS BOTUCATU. Tucano percorreu alguns pontos de investimento como o local que receberá a futura represa do Rio Pardo. Disponível em: https://noticias.botucatu.com.br/2018/09/04/durante-campanha-em-botucatu-doria-prega-eficiencia-nos-servicos-publicos/. Acesso em 28 de junho. 2019

5 JCNET. Prefeitura assina financiamento para barragem do Rio Pardo. Disponível em: https://www.jcnet.com.br/Regional/2019/01/prefeitura-assina-financiamento-para-barragem-do-rio-pardo.html . Acesso em 28 de junho. 2019

6 BOTUCATU ONLINE. Obra da represa do Rio Pardo vai custar R$ 44,3 milhões. Consórcio da DP Barros Pavimentação foi classificado. Disponível em: http://www.botucatuonline.com/2019/04/04/obra-da-represa-do-rio-pardo-vai-custar-r-443-milhoes-consorcio-da-dp-barros-pavimentacao-foi-classificada/ . Acesso em 28 de junho. 2019

das cuestas basálticas, que separam planalto de planície – uma das mais bonitas do Estado de São Paulo.

Eles também temem a diminuição do volume de água em outros municípios. O presidente da ONG Rio Pardo Vivo, Luiz Carlos Cavalchuki, disse ao Jornal da Cidade[7], de Bauru, que o projeto afetará a região que fica abaixo da barragem. "Quem vai mais sentir essa perda de água será a região de Itatinga, Cerqueira César e Avaré", afirmou. Outros jornais da região apontaram os riscos para os municípios de Ourinhos[8] e Santa Cruz[9].

O Plano Diretor aprovado em outubro de 2017, na Câmara Municipal de Botucatu, fala em vários pontos da previsão de chácaras de recreio na região. Um item específico sobre a ocupação da Macrozona de Atenção Hídrica traz alguns requisitos, como este: "Estimular a instituição de área de recreação, lazer, educação ambiental e pesquisa científica, desde que não tragam prejuízo à conservação dos mananciais"[10].

O FATOR JOVELINO E O PAPEL DO TURISMO

A empresa de FHC e filhos está entre os nove donos de terras na região que precisam ser desapropriadas para a represa. Uma das fazendas, a Três Sinos, faz divisa com a empresa de pecuária Central

---

7 JCNET. ONG Rio Pardo Vivo tem restrição a construir barragem em Botucatu. Disponível em: https://www.jcnet.com.br/Regional/2019/01/ong-rio-pardo-vivo-tem-restricao-a-construir-barragem-em-botucatu.html. Acesso em 28 de junho. 2019

8 JORNAL BIZ. Barragem em Botucatu pode agravar problema de água em Ourinhos. Disponível em: http://jornalbiz.com/barragem-em-botucatu-pode-agravar-problema-de-agua-em-ourinhos/. Acesso em 28 de junho. 2019

9 DEBATE NEWS. Barragem gigante em Botucatu pode diminuir o rio Pardo em Santa Cruz. Disponível em: https://www.debatenews.com.br/2019/01/11/botucatu-vai-construir-uma-barragem-gigante-no-pardo/. Acesso em 28 de junho. 2019

10 BRASIL (Município). Lei nº 1224/2017, de 6 de outubro de 2017. "dispõe Sobre O Plano Diretor Participativo do Município de Botucatu e Dá Outras Providências". Botucatu, SP. Disponível em: https://leismunicipais.com.br/plano-diretor-botucatu-sp. Acesso em 28 de junho. 2019

Bela Vista[11], com 130 hectares. O acesso a essas propriedades fica no quilômetro 5 da Rodovia Gastão Dal Farra, vicinal da Rodovia Marechal Rondon (SP-300).

A Bela Vista foi fundada pelo pecuarista Jovelino Carvalho Mineiro Filho – amigo da família do ex-presidente – e vendida em 2011 para o grupo holandês CRV. Jovelino é o segundo personagem mais importante desta série de reportagens. Foi nessa região (Pardinho, Botucatu, Bofete) que ele construiu parte de seu império agropecuário.

O acordo da prefeitura de Botucatu com a Central Bela Vista foi feito em fevereiro de 2018, informam o Acontece Botucatu[12] e o site da própria empresa. A empresa formada por fazendeiros holandeses e belgas doou 2 dos 14 lotes que a prefeitura precisa desapropriar para construir a barragem.

Em novembro de 2018, ao assinar com o prefeito de Pardinho os decretos de utilidade pública para a construção da represa, o prefeito de Botucatu, Mário Pardini, encaixou Jovelino Mineiro em seu discurso[13], sugerindo que ele também entregou terras para o empreendimento:

- Este é um momento histórico para a nossa cidade. Agradeço os nossos vereadores, que foram fundamentais para chegarmos aonde chegamos, bem como a Sabesp, que está alinhada conosco e se esforçando para arcar com os custos da barragem. Em nome do empresário Jovelino Mineiro, agradeço os proprietários que fizeram a doação de algumas áreas e também nossa população, que tem acreditado no projeto.

---

11 CENTRAL BELA VISTA. Disponível em: http://www.centralbelavista.com.br/. Acesso em 26 de maio. 2019

12 ACONTECE BOTUCATU. Central Bela Vista oficializa a primeira doação de terra para a Represa do Rio Pardo. Disponível em: https://acontecebotucatu.com.br/cidade/central-bela-vista-oficializa-primeira-doacao-de-terra-para-represa-do-rio-pardo/. Acesso em 26 de maio. 2019

13 BOTUCATU ONLINE. Botucatu e Pardinho assinam utilidade pública em área de represa. Disponível em: http://www.botucatuonline.com/2018/11/30/botucatu-e-pardinho-assinam-utilidade-publica-em-area-de-represa/. Acesso em 21 de maio. 2019

Um jornalista de Botucatu, Armando Moraes Delmanto, comemorou a assinatura de contrato com a Sabesp, em fevereiro de 2019, definindo a represa como "grande obra do século XXI" e atribuindo a Jovelino a ideia de construí-la: "O empresário Jovelino Carvalho Mineiro, proprietário da Fazenda Bela Vista, foi o idealizador dessa represa. Situada em suas terras e nas terras que vendeu para o ex-presidente FHC, para a jornalista Ana Maria Braga e para o médico Drauzio Varella além de outros notáveis, qualificou o projeto com todos os requintes para o sucesso".[14]

Grato ao prefeito e ao governador, Delmanto escreve em seguida – em tom de louvor – o seguinte: "Com a garantia do abastecimento de água para o município de Botucatu para os próximos 50 anos, o empreendimento deverá trazer para nossa região moderno resort e loteamento de alto padrão nas margens da represa gigante".

O jornal Acontece Botucatu confirmou, um dia antes do texto de Delmanto, o objetivo turístico do empreendimento: "A barragem terá uma vazão de 1000 litros por segundo. Isso significa mais que dobrar a capacidade de produção de água de Botucatu mesmo em períodos de crise hídrica. Isso permitiria a utilização para o seu quarto objetivo, o turístico, que poderia gerar renda para o município, como ocorre com as represas Billings e Guarapiranga em São Paulo".[15]

Além disso, informa a reportagem, a represa poderá ter vazão regularizada "para que produtores rurais utilizem a água para suas produções e colheitas".

Meses antes, o Notícias Botucatu informou – também com base em informações da prefeitura - que o projeto prevê a construção de "extensa área de lazer", com centro de convivência,

---

14 BLOG DO DELMANTO. Represa gigante do Rio Pardo: grande conquista de Botucatu. Disponível em: http://blogdodelmanto.blogspot.com/2019/02/represa-gigante-do-rio-pardo-grande.html . Acesso em: 29 de junho. 2019

15 ACONTECE BOTUCATU. Agora é oficial: Sabesp e prefeitura assinam aditamento de contrato para construção de represa. Disponível em: http://blogdodelmanto.blogspot.com/2019/02/represa-gigante-do-rio-pardo-grande.html. Acesso em: 29 de junho. 2019

estacionamento, manutenção e recuperação do Complexo Turístico do Véu da Noiva. "Tais benfeitorias serão realizadas em momento posterior à entrega da represa, conforme citado pelo prefeito", informou o jornal local[16].

As duas fazendas da família FHC ficam entre a Cachoeira Véu da Noiva e a Central Bela Vista.

Essas terras fazem divisa com os Córregos do Campo e da Madalena, com o Rio Pardinho e com o próprio Rio Pardo, o mais importante da região, um dos grandes afluentes do Rio Paranapanema – fronteira natural entre os estados de São Paulo e Paraná.

A lógica hidrográfica da região ajuda a entender a extensão das propriedades de Jovelino Mineiro e de sua mulher, Maria do Carmo Abreu Sodré Mineiro. Ela é filha do ex-governador Roberto de Abreu Sodré, radicado em São José do Rio Pardo (município cortado pelo rio).

Eles possuem terras desde a nascente do Rio Pardo, em Pardinho (onde FHC comemorou sua primeira eleição para a Presidência da República, em 1994), até o extremo oeste do estado, no Pontal do Paranapanema. Fernando Henrique Cardoso contou ter ficado deslumbrado com a paisagem da Fazenda Bela Vista, pertencente a Jovelino.

Localizado na transição entre o Cerrado e a Mata Atlântica, o município de Botucatu ganhou seu nome do tupi-guarani Ybytu-Katu. Ou seja, "bons ares". A Bacia do Rio Pardo ocupa cerca de 72.100 hectares das terras de Botucatu – quase a metade do território do município, o décimo mais extenso do estado, logo atrás da capital.

Boa parte dessas terras foi historicamente ocupada pela Companhia Agrícola Botucatu – hoje dividida entre a Cosan e

---

16 NOTÍCIAS BOTUCATU. Barragem do Rio Pardo em Botucatu: construção terá ampliação da área de preservação e investimento de R$ 40 milhões. Disponível em: http://noticias.botucatu.com.br/2018/08/22/barragem-do-rio-pardo-construcao-tera-ampliacao-da-area-de-preservacao-e-investimentos-de-r-40-milhoes/ Acesso em: 29 de junho. 2019

uma empresa de Jovelino Mineiro. Parte dessas terras da antiga Fazenda Morrinhos passou pelas mãos da família Abreu Sodré. Depois, pelas mãos de Jovelino Mineiro. Ele chegou a explorá-las em parceria com os portugueses do Grupo Espírito Santo.

A VERSÃO DE FERNANDO HENRIQUE CARDOSO

Procurado para falar sobre a série "FHC, o Fazendeiro", em maio de 2018, o ex-presidente Fernando Henrique Cardoso não atendeu diretamente a reportagem. Mas emitiu uma nota, por meio do superintendente-executivo da Fundação FHC, Sérgio Fausto. Ele declarou não possuir qualquer propriedade rural.

A novidade na resposta de Fernando Henrique era o preço das terras pago pela empresa Goytacazes Participações: R$ 4 milhões. Constatamos depois que ele fez um arredondamento: o valor pago em 2011 pelas duas propriedades rurais foi de R$ 4,23 milhões: R$ 3,6 milhões (Três Sinos) e R$ 643 mil (Rio Pardo).

Confira, na íntegra, a resposta de Fernando Henrique Cardoso:

– Sérgio: eu não tenho qualquer propriedade rural. A que tinha, comprada poucos anos atrás, custou cerca de R$ 4 milhões. Era uma terra nua de 260 hectares e hoje pertence a meus três filhos, os quais doaram cerca de 70 hectares à Prefeitura de Botucatu, município onde está localizada a propriedade. A outra, que tive em sociedade com Sérgio Motta, em Minas Gerais, quase na fronteira com Goiás, foi comprada nos anos 80 e quando a vendi, há mais de dez anos, a propriedade já era de meus filhos, que devem ter recebido, cada um, em torno de 500 mil reais. Não tenho relações comerciais ou econômico-financeiras com qualquer pecuarista ou outros empresários.

Como o ex-presidente voltou a ser sócio da Goytacazes, em 2019, a resposta ficou desatualizada. Ele tem propriedade rural: um canavial. E apenas 36 hectares - os da Fazenda Rio Pardo - foram concedidos, até agora, à prefeitura de Botucatu.

A conclusão do livro trará mais informações sobre o canavial. Mas as aventuras agrárias de Fernando Henrique Cardoso – em suas conexões com o mundo político - serão mais bem compreendidas se entendermos melhor a influência de outros personagens.

38

DE MOTTA A FHC

Entenda como Sérgio Motta transformou FHC em pecuarista

Ministro tinha atividade agropecuária em São Paulo, nos anos 70, antes se tornar sócio de Fernando Henrique na fazenda em Buritis (MG)

Uma biografia amigável de Sérgio Motta publicada em 1999 o definia já no título como "trator em ação". Pelo estilo. Por coincidência, uma das figuras centrais do governo Fernando Henrique Cardoso tinha seu pé no campo. Mais notório por ter comandado a privatização das telecomunicações, como ministro das Comunicações de FHC, Sérgio Roberto Vieira da Motta tornou-se fazendeiro muito antes do amigo. E foram ambos que, em 1989, compraram a Fazenda Córrego da Ponte, em Buritis (MG).

Ocupada pelo Movimento dos Trabalhadores Rurais Sem-Terra (MST) entre 1999 e 2002, após a morte de Sérgio Motta (1940-1998), ela motivou uma série de polêmicas durante o governo do sociólogo. Veremos isso com detalhes no próximo capítulo. De qualquer forma, a face fazendeira de Motta e sua, digamos, fúria por conexões políticas ajudam a entender como a trajetória de Fernando Henrique foi ganhando alguns contornos agrários.

Até 2018, um dos integrantes não-vitalícios da Fundação FHC era José Expedicto Prata. Ele foi chefe de gabinete de Motta no ministério. Diretor de Relações Corporativas da Telefônica. E um dos membros do Conselho Consultivo da IDBrasil Cultura,

Educação e Esporte, Organização Social (OS) que administra o Museu da Língua Portuguesa[1] e o Museu do Futebol[2].

Um dos conselheiros do Instituto Sérgio Motta, presidido pela viúva Wilma Motta, José Expedicto Prata – também conselheiro da Fundação Mário Covas – é um dos autores do livro "Sérgio Motta: o Trator em Ação" (Geração Editorial), lançado em 1999.[3] Assim como as biografias de Fernando Henrique Cardoso, uma obra fundamental para se entender melhor a política dos anos 90.

Nos anos 70, Prata era da Hidrobrasileira, conhecida como Hidro, de Serjão. Ele foi vice-presidente da empresa. Nessa mesma época Motta comprou o Sítio Laranja Azeda – que daria nome a uma das empresas do engenheiro, a Laranja Azeda Empreendimentos, fundada em 1975. Seus sócios na Hidro eram Adroaldo Wolf, Antonio Guido e Luiz Carlos Mendonça de Barros, outro personagem notório da privatização das teles.

ODEBRECHT FINANCIOU INSTITUTO SÉRGIO MOTTA

Essa história ajuda a entender como Fernando Henrique Cardoso se tornou um fazendeiro. Mas antes façamos uns parênteses. Veremos na seção "Dos empresários a Jovelino" que FHC, Jovelino Mineiro (que sucedeu Motta como sócio na Córrego da Ponte) e diversos outros personagens desta trama revezam-se como conselheiros em entidades culturais e organizações filantrópicas. Em alguns casos, convivendo com empresários apoiadores da fundação, entre eles Emílio Odebrecht.

---

1 MUSEU DA LÍNGUA PORTUGUESA. Quem somos. Disponível em: shorturl. at/ajx12. Acesso em 25 de maio. 2019

2 ID BRASIL. Quem somos. http://idbr.org.br/quem-somos. Acesso em 25 de maio. 2019

3 J, PRATA; T, TOMIOKA. Sergio Motta: o trator em ação. Ilustrada. São Paulo. Geração Editorial, 1999

Isso também acontece com o Instituto Sérgio Motta. A Odebrecht apoiou o instituto em 2009[4], 2010[5], 2011[6], 2012[7] e 2013[8] (desde esse ano ele ficou um tanto às moscas), conforme os relatórios anuais da própria empresa. A empreiteira também apoiou nesses anos a Fundação Luísa e Oscar Americano. Nesses e em outros relatórios da empresa não é mencionado o Instituto FHC – que se tornaria Fundação FHC.

Em 1997, como mostra a biografia publicada pela Geração Editorial, Sérgio Motta estava doente, internado - e irrequieto - no Hospital Albert Einstein, em São Paulo. Recebeu muitas visitas e o telefone não parava. Um dos que "estavam na torcida", nas palavras dos autores, era Emílio Odebrecht.

Em 2005, o 6º Prêmio Sérgio Motta de Artes e Tecnologia, promovido pelo Instituto Sérgio Motta, foi patrocinado pela Odebrecht e pela Telefônica, com apoio da Lei de Incentivo à Cultura. A viúva de Motta, Wilma Kiyoko Vieira da Motta, faz hoje parte do Conselho Curador da Fundação Telefônica. Ela disse após a morte do marido que não se interessava pelo negócio. "Por isso, vendi a parte dele", contou em 2000 à revista IstoÉ Gente.

Foi com o apoio do Instituto Sérgio Motta que o Instituto FHC organizou, em 2008, o Projeto Memória das Telecomunicações[9], com a digitalização dos documentos relativos à privatização do Sistema Telebrás.

---

4 ODEBRECHT. Disponível em: https://www.odebrecht.com/sites/default/files/relatorio_anual_2009_portugues.pdf. Acesso em 26 de maio. 2019

5 ODEBRECHT. Disponível em: https://www.odebrecht.com/sites/default/files/relatorio_anual_2010_portugues.pdf. Acesso em 26 de maio. 2019

6 ODEBRECHT. Disponível em: https://www.odebrecht.com/sites/default/files/relatorio_anual_2011_pt.pdf. Acesso em 26 de maio. 2019

7 ODEBRECHT. Disponível em: https://www.odebrecht.com/sites/default/files/relatorio_anual_2012_portugues_0.pdf. Acesso em 26 de maio. 2019

8 ODEBRECHT. Disponível em: https://www.odebrecht.com/sites/default/files/ra_odebrecht_2013_pt.pdf. Acesso em 26 de maio. 2019

9 FUNDAÇÃO FHC. Disponível em: https://fundacaofhc.org.br/files/relatorios/relatorio_de_atividades_2008_2009.pdf. Acesso em 26 de maio. 2019

O Instituto Sérgio Motta é presidido por José Teixeira de Almeida Júnior, que trabalhou com Andrea Matarazzo na Secretaria de Governo da Presidência da República, em 1999. José Expedicto Prata é um dos conselheiros, ao lado do co-autor do livro "Trator em Ação", Teiji Tomioka, e do diretor Marcello Borg – sobrinho de Sérgio e sócio da família Motta na Laranja Azeda Empreendimentos.

FHC REPETE TRAJETÓRIA DE SEU MINISTRO

O Sítio Laranja Azeda era um cafezal, como narram Prata e Tomioka (com a ajuda do jornalista Nirlando Beirão) no livro. Depois Motta começou a criar gado e cavalos. Em seguida, passou a trabalhar com reflorestamento – eucaliptos. Wilma Motta cuidava da horta. "Sem agrotóxicos", orgulhava-se ela.

Ali Serjão recebia os colegas da Hidro e do jornal Movimento, da imprensa alternativa. O ex-ministro foi secretário-geral da Ação Popular, a mesma organização de resistência à ditadura da qual fizeram parte o atual senador José Serra (PSDB-SP); o sucessor de Motta no Ministério das Comunicações, Luiz Carlos Mendonça de Barros; Moreira Franco (MDB), governador do Rio de Janeiro entre 1987 e 1991 e ministro de quatro pastas durante os governos Dilma Rousseff e Michel Temer; e mais um ex-ministro do governo FHC, Clóvis Carvalho – um dos dez membros não-vitalícios da Fundação FHC.

Entre os colaboradores do Movimento, dirigido por Raimundo Rodrigues Pereira, estavam Fernando Henrique Cardoso, Perseu Abramo, Jacob Gorender e Chico de Oliveira. Foi Chico quem apresentou FHC a Sérgio Motta. "Nunca mais iriam se desgrudar", escrevem os biógrafos.

Cerca de dez anos depois, em 1986, a dupla comprou a propriedade de 1.046 hectares em Buritis. "Sérgio Motta tinha uma inexplicável nostalgia do campo", escrevem Prata e Tomioka. "Só assim se entende que tenha compartilhado uma longínqua fazenda com Fernando Henrique. Na verdade, Serjão tomou gosto pela coisa".

Quem fez o levantamento topográfico foi o próprio Tomioka. Ele e Prata relatam no livro que Motta começou a plantar soja. Depois partiu para o gado. Um dos Nelore foi premiado na Feira Agropecuária de Uberaba. Mas o futuro ministro pretendia melhorar o rebanho com cruzamentos. "Aquele gado nelore era chinfrim", definira seu amigo Jovelino Mineiro – muito próximo de FHC.

Os autores contam que Motta se encarregou de tudo. "Depois de eleito presidente, Fernando Henrique muitas vezes buscou refúgio naquela serena paisagem". Sem tempo, Motta começou a preparar o sobrinho Marcello para administrar a fazenda. "Posteriormente eles passaram a criar gado Brangus, a conselho de Jovelino Mineiro".

Mais tarde, como veremos, FHC venderia gado Brangus em leilão promovido por Jovelino Mineiro em Rancharia (SP).

NO MEIO DO CAMINHO, A DITADURA

Nesse intervalo entre 1975 e 1986 há um aspecto nebuloso da biografia de Sérgio Motta: a Coalbra. Essa empresa, a Coque e Álcool de Madeira S/A, foi inaugurada em novembro de 1983, com a presença do presidente João Baptista Figueiredo e do general Otávio Medeiros, chefe do Serviço Nacional de Informações. Presidente da Coalbra? Sérgio Motta.

O futuro ministro das Comunicações também foi funcionário, na Sociplan, de José Amaro Pinto Ramos, um dos acusados por delatores da Odebrecht, em 2017, de remeter dinheiro de propina para contas do ex-ministro José Serra no exterior.

Outro acusado de enviar dinheiro a Serra, o pecuarista Jonas Barcellos, tem dois capítulos específicos neste livro. Mãe do filho caçula de FHC, Mirian Dutra contou que era Barcellos quem pagava sua mesada em Paris.

Motta disse que foi empregado de Ramos, contam os autores de sua biografia, mas saiu em litígio. Eles completam: "Nunca a sombra do duvidoso personagem se dissipou da vida de Sérgio Motta".

45

Dois tucanos de bicos longos, Motta e Serra foram ministros de FHC. Indicado por Motta para ser chefe da Comunicação Social no Ministério da Saúde, durante a gestão Serra, em 1997, o publicitário João Roberto Vieira da Costa integrava até 2018 o conselho administrativo da Associação Pró-Dança, em São Paulo, a Organização Social (OS) que controla a São Paulo Companhia de Dança.

Um dos que presidiram o conselho dessa OS foi José Fernando Perez, sócio de Emílio Odebrecht na empresa ReceptaBio. Ele é um dos associados da organização, ao lado de Maria do Carmo Mineiro, ex-vice-presidente, casada com Jovelino Mineiro. O advogado José de Oliveira Costa, ex-diretor da Fundação FHC ao lado de Beatriz Cardoso (foi substituído por Fernando Kasinski Lottenberg), é um dos doze diretores executivos da OS. Conheceremos melhor Oliveira Costa – e, claro, Jovelino - ao longo do livro.

Após deixar o Ministério da Saúde, em 2001, Vieira da Costa foi chefiar a Secretaria de Comunicação Social da Presidência da República (Secom), até o fim do governo Fernando Henrique Cardoso, em 2002. No ano seguinte ele criou a agência de publicidade nova/SB, que cresceu durante os governos petistas e ganhou licitações durante o governo Temer.

REELEIÇÃO COM 'CONTABILIDADE PARALELA'

Uma das pessoas que frequentavam o Sítio Laranja Azeda nos anos 70, Adroaldo Wolf foi um dos poucos – além do ex-ministro Bresser Pereira – a ter acesso à contabilidade de Fernando Henrique Cardoso na campanha da reeleição, em 1998. O outro era Egydio Bianchi, ex-presidente dos Correios.

O ministro Sérgio Motta foi um dos artífices da reeleição. O ex-deputado Pedro Corrêa (PP-PE) declarou, em delação na Lava-Jato, que foram comprados votos de mais de 50 deputados[10].

---

10 O ESTADO DE S. PAULO. Delator da lava jato desenterra emenda da reeleição no governo FHC. Disponível em: https://politica.estadao.com.br/blogs/fausto-macedo/delator-da-lava-jato-desenterra-emenda-da-reeleicao-no-governo-fhc. Acesso em 29 de maio. 2019

O escândalo foi inicialmente revelado pelo jornalista Fernando Rodrigues, na Folha de S. Paulo[11], em 1997.

Em seu "Diários da Presidência"[12], FHC conta que, em novembro de 1998, recebeu Bresser, Wolf e Bianchi para almoçar, junto com o secretário-geral Eduardo Jorge. "Vieram me fazer a prestação de contas da campanha".

Bresser Pereira foi o autor de uma planilha sobre caixa 2[13]. Wolf e Bianchi foram mencionados em reportagem da Veja sobre o caso. "Que teve uma contabilidade paralela, eu não tenho dúvida", disse um deles à revista. "O que eu não sei é se desviaram o dinheiro ou se não declararam para proteger a identidade do doador".

Demitido dos Correios, Bianchi tornou-se o suspeito de vazar a planilha. Ele se tornou criador de caprinos em Atibaia (SP). Em 2010, a grande campeã na 7ª edição da Feira Internacional de Caprinos e Ovinos, a Feinco 2010, foi a sua cabra Walesca de Canedos, entre os candidatos da raça Boer. Entre os machos quem levou foi U2 de Canedos – também exposto por Bianchi. Em 2006, o criador foi novamente campeão de um torneio em Bragança Paulista, com a jovem fêmea Divina Xodó.

A essa altura os filhos de Fernando Henrique Cardoso já tinham vendido a Fazenda Córrego da Ponte. A aventura do ex-presidente pela pecuária tinha tido um fim. Com um saldo de conflitos.

---

11 FOLHA DE S. PAULO. Conheça a história da compra de votos a favor da emenda da reeleição. Disponível em: https://fernandorodrigues.blogosfera.uol.com.br/2014/06/16/conheca-a-historia-da-compra-de-votos-a-favor-da-emenda-da-reeleicao/. Acesso em 29 de maio. 2019

12 CARDOSO, Fernando Henrique (Ed.). Diários da presidência: volume 1 (1997-1998). São Paulo: Companhia das Letras, 2015.

13 BRASIL 247. Propina da Alstom ajudou a bancar reeleição de FHC. Disponível em: https://www.brasil247.com/pt/247/poder/111437/Propina-da-Alstom-ajudou-a-bancar-reelei%C3%A7%C3%A3o-de-FHC.htm. Acesso em 29 de maio. 2019

Em Minas, presidente criou gado e despejou MST com Exército

Conflito com sem-terra na Fazenda Córrego da Ponte foi uma das marcas do governo do sociólogo; governo mineiro tinha negociado terras devolutas

Contra o Movimento dos Trabalhadores Rurais Sem-Terra (MST), o Exército. Essa situação ocorreu entre 1999 e 2002, na Fazenda Córrego da Ponte, em Buritis (MG). O interessado era o presidente da República. A antiga sociedade entre Fernando Henrique Cardoso e Sérgio Motta tinha se transformado, um ano após a morte do ministro, em uma sociedade entre Jovelino Mineiro – amigo de ambos – e os filhos de FHC.

Diante do acampamento com 200 sem-terra, em 1999, o Exército[14] foi mobilizado para fazer a segurança da fazenda de 1.046 hectares, comprada dez anos antes. Em setembro de 2000, eram 300 camponeses acampados em frente do portão principal. Eles queriam ocupá-la. Mas 300 soldados e policiais federais estavam de prontidão, conforme ordem do ministro-chefe do Gabinete de Segurança Institucional, general Alberto Cardoso.

Em entrevista à revista IstoÉ[15] ("A reeleição foi comprada"), em setembro de 2000, o governador e ex-presidente Itamar Franco rejeitou uma acusação de FHC – a de que o governo mineiro não dera proteção à fazenda. "Não é verdade", disse ele. "O MST não invadiu a fazenda". Ele ressaltou que a propriedade nem era do

---

14 FOLHA DE S. PAULO. Fazenda de FHC tem criação de gado e já foi alvo do MST. Disponível em: https://www1.folha.uol.com.br/folha/brasil/ult96u30495.shtml. Acesso em 26 de maio. 2019

15 ISTOÉ. A reeleição foi comprada. Disponível em: https://istoe.com.br/39182_A+REELEICAO+FOI+COMPRADA/. Acesso em 26 de maio. 2019

presidente: "Essa fazenda tem algum mistério. Muito complicada essa transação imobiliária".

Ele considerou misterioso não se pedir proteção a prédios públicos ocupados pelo movimento, apenas à propriedade de Fernando Henrique:

– Por que apenas essa fazenda tem que ser protegida pelas Forças Armadas? Aquilo de repente virou símbolo nacional. Desde quando essa fazenda, Córrego da Ponte, só porque o presidente eventualmente lá está, vira símbolo nacional?

ARQUITETO CONSTRUIU CASA DE JOVELINO MINEIRO

A instalação da fazenda em Buritis, município a 240 quilômetros de Brasília, "a rainha do Vale do Urucuia", não ocorreu de forma improvisada. Se inicialmente Sérgio Motta cuidou de tudo, como dizem seus biógrafos, após a morte do engenheiro Fernando Henrique Cardoso deu seu toque pessoal: ele convidou um arquiteto carioca, Luiz Américo Gaudenzi, para projetar a nova sede da fazenda, em 2000, durante o segundo mandato presidencial.

As fotos da fazenda publicadas no site de Gaudenzi não sugerem exatamente a "simplicidade no viver" defendida por FHC ao comentar, em abril de 2019, o suicídio do ex-presidente peruano Alan Garcia. A obra foi construída pela empresa Construções, Engenharia e Planejamento Ltda (Cenpla), de Osmar Penteado de Souza e Silva. O engenheiro foi colega de FHC na segunda metade do ensino básico, no Ginásio Perdizes, na Avenida Francisco Matarazzo, zona oeste de São Paulo.

O arquiteto Gaudenzi trabalhara para Jovelino Mineiro em 1991, construindo a sede da Fazenda Bela Vista, em Pardinho (SP) – onde FHC passou o réveillon de 2012. As sedes da Bela Vista e da "fazenda FHC" compõem 2 dos 24 trabalhos de concepção de uma casa – o portfólio traz também seis apartamentos – selecionados pelo arquiteto. O primeiro na lista é o da Bela Vista, premiada pelo Instituto dos Arquitetos do Brasil (IAB).

O arquiteto conta no site que a sede anterior da Fazenda Córrego da Ponte precisou ser demolida, pois a anterior tinha problemas estruturais. O sociólogo Fernando Henrique e a antropóloga Ruth Cardoso, "por serem um casal de intelectuais", pediram um interior muito bem iluminado, "preferencialmente por luz natural, para poderem ler ou escrever com conforto".

A casa anterior, em estilo colonial, de madeira, era escura. Para isso foram criadas janelas. A ventilação passou a ocorrer dos três lados da área social. Gaudenzi concebeu um telhado – feito com telhas de cimento, duráveis – que "flutuasse sobre as paredes", integrado à cozinha e às "largas varandas". Foi ele também que desenhou a estante principal, que pode ser vista em vários ângulos – 5 das 15 fotos mostram o salão.

FAZENDA TEVE COMPRA CONTROVERSA

Em pronunciamento no Senado, em outubro de 2000, o então senador Roberto Requião[16] (MDB-PR) contou ter obtido a cadeia dominial do imóvel, que ele apontava como Fazenda Pontes. Em 1978, o governador mineiro Aureliano Chaves (Arena) vendeu a terra devoluta – pública – para Wandir Galetti. Em 1979, este a vendeu para César Pedro Hartmann, que a vendeu (em 1989) para Sérgio Motta e Fernando Henrique Cardoso.

O preço era de NCz$ 6 mil. A Prefeitura de Buritis não concordou e a avaliou em NCz$ 131 mil. Dois anos depois, em 1991, Motta e FHC venderam o imóvel para a Agropecuária Córrego da Ponte, deles mesmos, por US$ 20. Para Requião, "uma reincidência na sonegação". Ele menciona uma avaliação publicada pela revista IstoÉ, no ano da compra, de que a fazenda valia US$ 500 mil.

Os sócios na Córrego da Ponte eram os próprios políticos. O interesse de Sérgio Motta por agropecuária não chegou a contaminar Fernando Henrique com entusiasmo proporcional,

---

16 SENADO FEDERAL. Pronunciamento de Roberto Requião em 10/10/2000 Disponível em: https://www25.senado.leg.br/web/atividade/pronunciamentos/-/p/texto/312739. Acesso em 26 de maio. 2019.

mas ele entrou no barco. O contrato social foi alterado em 1999, um ano após a morte do ex-ministro das Comunicações. Saiu o espólio de Motta (representado pela viúva Wilma), entrou Jovelino Mineiro. Saiu Fernando Henrique, entraram dois de seus filhos, Luciana e Paulo Henrique Cardoso.

O jornal Tribuna de Imprensa daquele outubro de 2000 trazia mais detalhes sobre o imóvel. A propriedade de 1.046 hectares – "746 de campos, 300 de cerrados" – pertencia nos anos 70 à Ruralminas, do governo mineiro. Três anos após a compra da fazenda, em 1992, Motta e Fernando Henrique (a rigor, era o engenheiro que administrava o empreendimento) plantaram arroz nas terras – como mostra uma hipoteca para o Banco do Brasil.

A biografia "Sérgio Motta, o Trator em Ação" (Geração Editorial, 1999) traz uma foto – do arquivo pessoal do engenheiro – com os dois políticos na fazenda, ao lado de um administrador chamado Wander. Ambos estão no meio do pasto. Motta, de chapéu. FHC, vestido socialmente. A foto ao lado mostra a sede da fazenda, em estilo colonial, bem mais rústica que a concebida pelo arquiteto Gaudenzi.

EM 1995, FHC VIA 'BAZÓFIA' DO MST

Fernando Henrique Cardoso comprou a fazenda um ano após a promulgação da Constituição de 1988. Ele era senador, eleito com 6,2 milhões de votos. E um ano após fundar o PSDB. No primeiro volume do livro "Diários da Presidência", de 1995-96, presidente da República, ele faz várias referências à fazenda. Ora indo com a família, ora com integrantes do governo. (A jornalista Mirian Dutra diz que ele ia passar fins de semana com ela.)

No dia 6 de setembro de 1995, em conversa com sindicalistas, ele definiu como "bazófia" a declaração de um sem-terra de que ocupariam a fazenda caso ela fosse improdutiva. Em janeiro de 1996, narrava FHC em seu diário, o presidente recebeu Jovelino Mineiro, "que está cuidando das coisas da fazenda com Sérgio Motta".

Somente três anos depois o pecuarista teria a propriedade em seu nome. Em setembro de 1998, Fernando Henrique jantou com Jovelino e com a filha, Luciana. "Para discutir as coisas da nossa fazenda", escrevia ele, na primeira pessoa do plural.

Em junho de 1996, FHC relatou uma de suas viagens:

– Fui sozinho, sozinho é modo de dizer, sempre vão vinte pessoas para me cercar, seguranças, essa coisa toda. Fiquei lendo, fui dormir às nove da noite e no dia seguinte, hoje, acordei às oito. Percorri um pouco a fazenda, como já tinha feito ontem, só para rever um pouco os touros que estão por lá, ver a plantação, me distrair um pouco.

Foi quando ele disse que não tinha "nenhuma ingerência na fazenda", conduzida por Motta e por seu compadre Jovelino, padrinho de dois de seus netos, que ele chama de Nê. "Eu estou perdendo a proporção dos recursos que tinha lá", continuou, "porque não tenho conseguido botar dinheiro para expansão, e o Sérgio, proporcionalmente, tem mais do que eu".

JOVELINO: 'O PRESIDENTE GOSTA DE GADO'

Um ano antes, em 1995, Jovelino Mineiro – e não Sérgio Motta – informou, em declaração à Folha[17], que a propriedade em Minas tinha poucos recursos. "Mas o presidente gosta de gado, e uma de suas paixões é a conquista dos cerrados", afirmou o pecuarista, dono de terras no Paraná, em São Paulo e em Minas.

Uma reportagem da Veja em 1996 dizia que 2 mil homens do Exército estavam preparados para defender a fazenda de ataque do MST. "Não há nada de verdadeiro", afirmou FHC. "Saiu uma fotografia minha a cavalo, como se as Forças Armadas fossem defender uma propriedade privada. Impressionante como se consegue confundir a opinião pública".

---

17 FOLHA DE S. PAULO. Presidente investe em gado de elite. Disponível em: https://www1.folha.uol.com.br/fsp/1995/10/17/brasil/22.html. Acesso em 26 de maio. 2019

Anos depois, o Exército foi deslocado para proteger a propriedade do amigo e dos filhos. A fazenda se tornou famosa – muito mais do que as terras atuais da família, arrendadas, em Botucatu. Em protesto contra a repressão em Minas, o MST ocupou terras de Jovelino Mineiro no Pontal do Paranapanema. Com pronta desaprovação do general Alberto Cardoso.

A fazenda em Buritis ficava próxima da pista de pouso da Camargo Corrêa. A empreiteira tinha terras contíguas, como demonstrou o site Tijolaço[18]. Só a pista para ir à Córrego da Ponte era mais utilizada do que para a Fazenda Pontezinha, da empreiteira. "Nunca vi avião nenhum da Camargo Corrêa pousando ali", contou o fazendeiro Celito Kock à IstoÉ. "Mas da família de Fernando Henrique não para de descer gente".

Em 2003, parou. A Fazenda Córrego da Ponte foi vendida naquele ano (já, portanto, durante o governo Luiz Inácio Lula da Silva) para o empresário paranaense Luiz Carlos Figueiredo. Em entrevista à Folha[19], o fazendeiro declarou que não temia "invasões". Ele contou ter comprado o imóvel por R$ 3,5 milhões. "Esse pessoal do MST só entra em terra com problemas", alegou. "Vamos produzir com tecnologia".

Mais de dez anos após a venda da propriedade em Buritis, em 2012, Fernando Henrique Cardoso e os filhos compraram as duas fazendas em Botucatu - essas que a imprensa brasileira ignora. Mas sob outra lógica, a do arrendamento. Sem arquiteto, sem sala de leitura, sem comitiva.

---

18 TIJOLAÇO. A história da incrível fazenda de 20 dólares de FHC, seu aeroporto e a beleza que ficou.Disponível em: http://www.tijolaco.net/blog/a-historia-da-incrivel-fazenda-de-20-dolares-de-fhc-e-seu-aeroporto-de-empreiteira/. Acesso em 26 de maio.2019

19 FOLHA DE S. PAULO. Empresário que comprou fazenda da família de FHC afirma não temer invasões. Disponível em: https://www1.folha.uol.com.br/folha/brasil/ult96u53965.shtml. Acesso em 26 de maio. 2019

Durante o governo, embates com MST e apoio ao agronegócio

FHC associa movimentos do campo ao atraso e o agronegócio a uma 'revolução'; em 1996, ele e general Cardoso defenderam 'um movimento de pinça para esvaziar os sem-terra'

Trecho de um dos livros de Fernando Henrique Cardoso, "A Arte da Política: a História que Vivi" (Civilização Brasileira, 2006), mostra como ele enxerga a questão agrária. Ele é um defensor do modelo do agronegócio, crítico da visão de mundo dos integrantes do Movimento dos Trabalhadores Rurais Sem Terra (MST) e da própria definição – ou percepção – de que exista o campesinato.

O ex-presidente diz que procurou tratar o MST "como um dos novos movimentos da sociedade", "por indigesto que fosse":

– Tentei dialogar com seus dirigentes, nos limites da lei, mesmo quando, por exemplo, militantes invadiram a fazenda que pertencia à minha família em Buritis, no noroeste de Minas Gerais. Confesso, entretanto, que por mais que os recebesse e me esforçasse para apoiar o programa de reforma agrária, o diálogo revelou-se impossível.

Ao receber dirigentes do movimento no Palácio do Planalto, um deles perguntou se poderia abrir a bandeira branca, verde e vermelha do MST. Fernando Henrique respondeu: "Não! Bandeira, aqui, só a do Brasil. Não pode, não".

Fernando Henrique Cardoso escreve que o MST pertence a um "nicho de resistência à modernidade e é portador de uma utopia regressiva, como qualifico sua ideologia, que olha pelo retrovisor". Diante da pobreza rural, um fato, ele se gaba de ter aplicado recursos nos assentamentos rurais: "Desapropriei cerca de 20 milhões de hectares de terra, mais do dobro do realizado até então".

FHC recorda-se, nesse ponto do livro, de ter visto um vídeo – mostrado pelos organizadores de uma Expozebu, em Uberaba – com "incêndios e outras violências praticadas por invasores de terras, seguidores do MST". Os fazendeiros pediam providências. Fernando Henrique afirma ter dito a eles que o movimento de sem-terra era visto como bom moço. "A primeira morte que ocorra serei o culpado", argumentou. "Não contem comigo para isso".

Foi durante o governo FHC que ocorreram dois dos maiores massacres recentes da história agrária no Brasil: o de Corumbiara, em Rondônia, em 1995, com dez mortos; e o de Eldorado dos Carajás, no Pará, em 1996, com 19 mortos. A imagem de FHC ficou atrelada ao segundo episódio, com ampla repercussão internacional, que ele definiu como "cataclismo".

Argumenta, em sua autobiografia, o ex-presidente:

– O curioso é que um sentimento pró-reforma agrária a qualquer custo se difundiu no mesmo momento em que a agricultura passava por uma revolução, pois o agronegócio tomava o lugar das modalidades mais tradicionais de produção, que estavam nas mãos de fazendeiros retrógrados e de latifundiários. Essa mudança só foi percebida anos depois, com a explosão da produção do campo e com o brutal aumento das exportações.

O sociólogo José de Souza Martins, professor emérito da Universidade de São Paulo (USP) e um dos autores mais importantes do Brasil no que se refere à questão agrária, escreveu em 2003 que o PT se valeu do MST para produzir uma imagem negativa do governo FHC, "negando e desqualificando a reforma agrária que estava em execução"[20]. "Não raro satanizou estudiosos que tentavam compreender os fatos em perspectiva diversa", afirmou.

---

20 MARTINS, José de Souza. (2003). A reforma agrária no segundo mandato de Fernando Henrique Cardoso. Tempo Social, 15(2), 141-175. Disponível em> <http://www.scielo.br/scielo.php?script=sci_arttext&pid=S0103-20702003000200006> Acesso em 29 de maio. 2019

Em uma perspectiva histórica, o MST considera em seu site que o governo Fernando Henrique Cardoso "nunca possuiu um projeto de reforma agrária real". Diz o movimento: "Durante os dois mandatos, a maior parte dos assentamentos implantados foi resultado de ocupações de terra. Todavia, o número de assentamentos implantados foi diminuindo ano a ano".

Segundo o MST[21], o Ministério do Desenvolvimento Agrário (criado durante o governo FHC e extinto no início do governo Temer) "clonou", para efeito de propaganda, assentamentos criados em governos anteriores e governos estaduais, registrando-os como se tivessem sido criados por FHC. "Essa tática criou confusão tamanha que, ao final do seu mandato, nem mesmo o Incra [Instituto Nacional de Colonização e Reforma Agrária] conseguia afirmar quantos assentamentos foram realizados de fato".

As diferenças entre os governos de Fernando Henrique Cardoso e Luiz Inácio Lula da Silva no que se refere à questão agrária motivaram um livro, organizado por dois professores da Universidade Federal da Grande Dourados (UFGD), Fabiano Coelho e Rodrigo Simão Camacho: "O Campo no Brasil Contemporâneo: do governo FHC aos governos petistas (questão agrária e reforma agrária)"[22]

'NÃO ME VENHAM COM SONHO DE CHIAPAS'

Em seus "Diários da Presidência", Fernando Henrique define uma caminhada do MST como "show". Foi no dia 21 de junho de 1996, após uma greve geral que ele define como fracassada:

– Claro, o PT por trás, tentando unir o MST com a coisa urbana; não deu certo. Nem em Brasília. Vieram trezentos gatos pingados de uma fazenda onde eles têm um acampamento aqui perto. Vieram a pé para fazer um pouco de show sobre a questão, esses pelo menos têm um lado positivo, o de mostrar a miséria no campo.

---

21 MST. O Estado abandona a agricultura familiar. Disponível em: http://www.mst.org.br/nossa-historia/94-95/. Acesso em 29 de maio. 2019

22 R, CAMACHO; F, COELHO. O CAMPO NO BRASIL CONTEMPORÂNEO: do governo FHC aos governos petistas (questão agrária e reforma agrária – vol. I). CRV, 2017

Ele conta ter pedido a Paulo Sérgio Pinheiro, secretário de Direitos Humanos durante seu governo, para dizer a lideranças do MST – Gilmar Mauro e João Pedro Stédile – que o governo continuaria fazendo reforma agrária. Mas que não toleraria invasões e ocupações de prédios:

– Eu não quero nem ter as glórias de fazer reforma nenhuma, eles que fiquem com as glórias, mas que deixem o país avançar e que não venham com esse sonho de Chiapas no Brasil.

FHC se refere à região no sul do México conhecida pela territorialização do Exército Zapatista de Libertação Nacional, com forte influência da população indígena.

O ex-presidente considera que o personagem Regino, da novela da Rede Globo "O Rei do Gado" (17/06/1996 a 14/02/1997), interpretado por Jackson Antunes, fazia apologia de José Rainha Júnior, então líder do MST no Pontal do Paranapanema – região no oeste paulista onde seu amigo Jovelino Mineiro possui terras e onde ele mesmo vendeu touros da raça brangus.

O presidente (lembremos que ele gravava esse depoimento em 1996) conta ter sido informado que os fazendeiros "se armaram, compraram metralhadoras no Paraguai, pode haver um confronto desagradável, pode haver mortes e tudo isso com esse Rainha que não obedece a ninguém e que acaba ficando, no limite, entre o herói do campo e o bandoleiro".

Um dos expoentes desse conflito no pontal era o fazendeiro Luiz Antônio Nabhan Garcia, presidente da União Democrática Ruralista (UDR), em 2019 nomeado Secretário Especial de Políticas Fundiárias no Ministério da Agricultura no início do governo de Jair Bolsonaro.

JOVELINO TEM CONEXÃO COM O PONTAL

Nos dias 28 de agosto e 14 de setembro daquele ano, o presidente voltou à carga. Nesse último dia, contou ter ficado preocupado com telefonemas sobre conflito no Pontal: "Segundo o Jovelino

Mineiro, não são os capangas, são os fazendeiros mesmo, que estão querendo reagir porque o MST está exagerando lá".

Meses depois, no dia 18 de novembro, Fernando Henrique identificava um problema: no dia seguinte, por medida provisória, ele lançaria o Imposto Territorial Rural (ITR). Mas ele diz que "o pessoal" não gosta do ITR. "Mudamos, taxamos fortemente a propriedade não produtiva e também a produtiva", relata em sua autobiografia. E completa:

– Dito e feito. Eu tinha recebido reivindicações do Nê, do Jovelino Mineiro, e depois falei com o ministro Jungmann, e era a mesma coisa que ele já tinha recebido do Suplicy. Na hora de pagar imposto, ninguém quer, nem os que mais desejam ajudar.

O início do ano tinha sido tenso. No dia 30 de abril, duas semanas após o massacre de Eldorado dos Carajás, Raul Jungmann tomava posse no Ministério Extraordinário da Reforma Agrária. Dias depois, o presidente contou ter feito questão, durante a cerimônia, de colocar ênfase no respeito à Constituição, para mostrar que o movimento dos sem-terra não podia ultrapassar as fronteiras da legalidade: "Até porque, se ultrapassar, a violência vem dos dois lados".

Nesse ponto FHC relata ter tido longas conversas sobre o massacre com o ministro-chefe do gabinete de Segurança Institucional, general Alberto Cardoso – que, anos depois, coordenou a defesa da fazenda do presidente em Buritis (MG), ocupada por camponeses do MST.

O militar estava preocupado:

– Ele conhece a situação, acha que os sem-terra dizem uma coisa e agem de outro modo, pensa que devemos fazer um movimento de pinça para esvaziar os sem-terra. Eu também acho, precisamos atender reivindicações, mas temos que ganhar a batalha simbólica na mídia, e não podemos esquecer que os sem-terra são uma organização mesmo. E que não têm propriamente os mesmos objetivos de ordem democrática que nós temos.

Nesse mesmo dia FHC conta que foi ao lançamento do polo petroquímico de São Paulo, com o governador Mário Covas (PSDB). "Olavo Setúbal depois se reuniu na minha sala com Emílio Odebrecht", relata. O banqueiro diz que ele teve grande coragem. "Estou tentando dar um impulso em certas áreas em que é difícil fazer investimentos", afirma Fernando Henrique.

No dia 11 de abril de 2015, o então senador Ronaldo Caiado (DEM-TO) postou uma foto com FHC, tirada no apartamento do ex-presidente em Higienópolis. "Conversamos por mais de uma hora sobre o nosso País", escreveu no Facebook o fundador da UDR, nos anos 80.

Caiado disse que era motivante ver a lucidez e visão de FHC, um homem que, identifica o político, manteve os hábitos e não usou o cargo para enriquecer. "Saí de lá ainda mais motivado para continuar essa luta e ir às ruas amanhã, dia 12 de abril", entusiasmou-se o senador, um dos defensores do impeachment de Dilma Rousseff. "Vem pra rua!"

Dilma caiu. Dois anos depois, em 2018, Caiado tornou-se governador de Goiás. Michel Temer e Jair Bolsonaro assumiram o poder com apoio ostensivo da bancada ruralista - e de associações do agronegócio ligadas a Fernando Henrique e a Jovelino Mineiro, como a Sociedade Rural Brasileira.

DE FHC A JOVELINO

Por que Jovelino Mineiro é o braço agrário da família Cardoso

Fazendas estavam registradas no mesmo endereço contábil, em Osasco, das empresas do pecuarista; ele é tão próximo que é chamado pelo ex-presidente de "Nê"

A série de livros "Diários da Presidência" mostra Fernando Henrique Cardoso[1] recebendo inúmeras vezes o casal Jovelino Carvalho Mineiro Filho e Maria do Carmo de Abreu Sodré. Ele os chama simplesmente de Nê e Carmo. Jovelino é mais do que um amigo. Antigo sócio de FHC na fazenda em Buritis (MG), vendida em 2003, ele também teve um protagonismo na escolha das propriedades rurais dos Cardoso em Botucatu (SP) – parte delas desapropriadas, em abril de 2018, pela prefeitura.

A intimidade é grande. No dia 02 de julho de 1995, FHC foi para a fazenda em Minas e encontrou "o Nê, nada de extraordinário". Sempre conforme a narrativa do ex-presidente (depoimentos não foram escritos, mas gravados), ele descreveu um domingo tranquilo no primeiro dia de dezembro de 1996, após Jovelino Mineiro e Maria do Carmo dormirem no Palácio da Alvorada. "Passamos a manhã nadando um pouco, tudo muito plácido. Almoçamos só nós, a Ruth, eu, a Carmo, e o Nê".

Jovelino Mineiro participou de várias reuniões políticas com o presidente da República. No dia 16 de agosto de 1996, foi jantar com ele na casa da governadora do Maranhão, Roseana Sarney (à época no PFL). "Bons vinhos, bom peixe", narra FHC em seu diário. José Sarney puxou FHC em um canto para falar

---

1 CARDOSO, Fernando Henrique (Ed.). Diários da presidência: volume 1 (1997-1998). São Paulo: Companhia das Letras, 2015.

de reeleição. Em 1996, Mineiro e Fernando Henrique receberam Emílio Odebrecht no Palácio da Alvorada.

DE ADMINISTRADOR DA FAZENDA A SÓCIO

De quebra, o pecuarista administrava a fazenda de criação de gado em Buritis, a Córrego da Ponte, inicialmente uma sociedade entre Fernando Henrique e o então ministro das Comunicações, Sérgio Motta. "Eu não tenho, na verdade, nenhuma ingerência na fazenda", dizia FHC em agosto de 1996. "Aquilo, hoje, é praticamente conduzido pelo Sérgio e pelo Jovelino".

Jovelino Mineiro se confirmou como eminência agrária de Fernando Henrique ao se tornar sócio da Agropecuária Córrego da Ponte, em 1998[2], após a morte de Sérgio Motta. A parte de Fernando Henrique foi transferida para Beatriz e Luciana, que se tornou administradora. Como vimos, a fazenda em Minas preocupava o presidente por causa das manifestações de sem-terra.

A relação próxima entre o empresário e a família FHC começou em Paris. Formado em sociologia pela Fundação Escola de Sociologia e Política de São Paulo, Jovelino Mineiro cursava o mestrado na Sorbonne quando se tornou amigo de Paulo Henrique Cardoso. Depois foi a vez do pai. O ex-presidente falou vagamente sobre o assunto ao Valor[3]: "Ele assistiu umas aulas minhas na década de 1970, creio".

Essa reportagem do Valor é o perfil mais completo já publicado sobre o empresário, formado também em Economia pela Pontifícia Universidade Católica (PUC-SP), filho e neto de fazendeiros. Nos anos 80 ele foi assessor do governador paulista Franco Montoro. Decidiu retornar de vez ao campo, em 1999,

---

2 FOLHA DE S. PAULO. Presidente tirou sua fazenda do vermelho. Disponível em: https://www1.folha.uol.com.br/fsp/brasil/fc22089916.htm. Acesso em: 22 de maio.2019.

3 VALOR ECONÔMICO. Um discreto líder rural pragmático e afeito à inovação. Disponível em: .https://www.valor.com.br/agro/3455366/um-discreto-lider-rural-pragmatico-e-afeito-inovacao Acesso em 10 de junho. 2019

quando a mulher Maria do Carmo herdou as terras do pai, Roberto de Abreu Sodré, governador biônico de São Paulo entre 1967 e 1971.

Nessa mesma entrevista ao Valor, Fernando Henrique Cardoso disse que Jovelino Mineiro "funciona basicamente como líder rural". "Tem mais uma atuação empresarial". O ex-presidente despista: com forte representação no setor, o pecuarista tem tamanha inserção política que conseguiu levar a Fundação FHC para o mesmo prédio da Sociedade Rural Brasileira.

Em 2013, Jovelino começou a costurar a aproximação do senador Aécio Neves (PSDB-MG), hoje deputado, com lideranças do agronegócio. Ele recebeu o presidenciável e empresários em sua casa. Em 2015, era um dos participantes de cerimônia, em Nova York[4], para os eleitos como "Homens do Ano" pela American Chamber of Commerce. Os homenageados eram Bill Clinton, presidente dos Estados Unidos entre 1993 e 2001, e Fernando Henrique Cardoso.

MESMO ENDEREÇO QUE OS CARDOSO

Em 2012, em São Paulo, mesmo ano em que articulava as doações de empresários para a Fundação FHC, Jovelino Mineiro deu uma força na criação da Goytacazes Participações. Inicialmente uma sociedade entre Fernando Henrique Cardoso e os três filhos, para atividades agropecuárias em Botucatu. O sociólogo entrou com somente 10% das cotas, mas como sócio-administrador - função hoje exercida por Luciana Cardoso. Hoje ela continua como administradora, mas FHC passou, em 2019, a ter 37% das cotas.

O antigo endereço da Goytacazes na Rua Deputado Emílio Carlos (números 690 e 708), em Osasco, era o da Contadata[5] Contabilidade Ltda. Ela tinha como clientes – entre outras empresas,

---

4 GLAMURAMA UOL. FHC e Bill Clinton dividem as atenções em evento de poderosos em NY. Disponível em: https://glamurama.uol.com.br/fhc-e-clinton-dividem-as-atencoes-em-evento-de-poderosos-em-ny/ . Acesso em 21 de maio. 2019

5 CONTADATA CONTABILIDADE. Disponível em: https://contadata.com.br/ . Acesso em 21 de maio. 2019

como a Garoto e a Eurofarma – a Fundação Henrique Cardoso e a Fazendas Sant'Anna, de Jovelino Mineiro. A Rede Brasil Atual[6] falou sobre a Goytacazes em 2015, ao estranhar o endereço urbano - Osasco não tem área rural - da empresa agropecuária.

É nesse mesmo endereço em Osasco que Jovelino Mineiro declara as empresas C&J Serviços Empresariais e Participações Ltda ("C" de Carmo, "J" de Jovelino), sociedade entre ele e Maria do Carmo Abreu Sodré, a Bemin Participações e a Ouro Preto Participações, ambas sociedades entre o pecuarista e o filho Bento Abreu Sodré de Carvalho Mineiro.

O principal dono da Contadata Contabilidade, Manoel Luiz Luciano Vieira, foi secretário-interino da Secretaria de Estado da Cultura, em São Paulo, e diretor-superintendente da Fundação Padre Anchieta[7], a mantenedora da TV Cultura. Atento ao universo midiático, Jovelino Mineiro foi do Conselho Curador da fundação.

QUAL SEU PAPEL NO CANAVIAL DOS CARDOSO?

A Ouro Preto Participações é, juridicamente, a sócia do empreiteiro Emílio Odebrecht na empresa Recepta Biopharma. Essa história será detalhada na seção "De Jovelino a Odebrecht". A C&J tem uma filial em Pardinho (SP), a Fazenda Bela Vista, na Rodovia Castelo Branco, onde Fernando Henrique Cardoso passou o réveillon de 2001.

É o mesmo nome da empresa de genética bovina Central Bela Vista[8], vendida em 2011 ao grupo belga-holandês CRV, desde

---

6 REDE BRASIL ATUAL. FHC tem agropecuária dentro da cidade. Disponível em:https://www.redebrasilatual.com.br/blogs/2015/08/fhc-tem-agropecuaria-dentro-da-cidade-931/. Acesso em 26 de maio. 2019

7 O ESTADO DE S. PAULO. Diretor da TV Cultura é demitido. Disponível em:https://cultura.estadao.com.br/noticias/geral,diretor-da-tv-cultura-e-demitido,20030616p2736. Acesso em 21 de maio. 2019

8 BOTUCATU ONLINE. Central Bela Vista inaugura nova sede e anuncia previsão de faturamento de R$ 10 milhões em 2017. Disponível em: http://www.botucatuonline.com/2017/05/16/central-bela-vista-inaugura-nova-sede-e-anuncia-faturamento-de-r-10-milhoes-em-2017/ . Acesso em 21 de maio. 2019

2017 com nova sede na vizinha Botucatu. Também em 2011 foi fundada a filial da C&J em Pardinho, a Fazenda Bela Vista. Como observamos no local, a sede da Central Bela Vista faz divisa com o canavial da família Cardoso em Botucatu, em nome da Goytacazes Participações.

Em 2019, Fernando Henrique Cardoso voltou a ser sócio da Goytacazes, que teve seu capital social ampliado, em relação a 2018, de R$ 5,7 milhões para R$ 8,94 milhões. Beatriz, Luciana e Paulo Henrique Cardoso moram em outros municípios, mas todos arrendam as terras em Botucatu - parte delas cedida por R$ 5 para a prefeitura construir a Represa do Rio Pardo.

Como vimos no segundo capítulo, o prefeito reeleito de Botucatu, Mário Pardini (PSDB), agradeceu "em nome do empresário Jovelino Mineiro", em novembro de 2018, aos proprietários que fizeram acordo com a prefeitura e cederam suas terras.[9]

---

9 BOTUCATU ONLINE. Botucatu e Pardinho assinam utilidade pública em área de represa. Disponível em: http://www.botucatuonline.com/2018/11/30/botucatu-e-pardinho-assinam-utilidade-publica-em-area-de-represa/. Acesso em 21 de maio. 2019

Fernando Henrique vendeu touros em Rancharia (SP), na fazenda de Jovelino

Comprador foi uma agropecuária do MS pertencente à família de um ex-presidente do TCE em São Paulo, Eduardo Bittencourt de Carvalho; empresa já foi acusada de lavar dinheiro

– E agora, minha gente, um dos melhores bois do dia. É o boi do presidente Fernaaando Henriiiiqueee Cardooooosoooo!!!

Assim foi narrado um leilão de touro realizado em 1999 em Rancharia (SP), na Fazenda Sant'Anna, pertencente ao pecuarista Jovelino Carvalho Mineiro Filho. Fernando Henrique era o presidente da República, em seu segundo mandato sucessivo. A reportagem da Veja descrevia Jovelino, um dos dez membros não-vitalício da Fundação Henrique Cardoso, como "compadre de FHC". O touro da raça brangus foi arrematado por R$ 4 mil.

Quem dissesse, no fim dos anos 60, que uma das referências mais famosas da teoria da dependência na América Latina estaria, três décadas depois, vendendo touros no oeste paulista dificilmente seria levado a sério. Em agosto de 1998, porém, FHC – que se tornou professor da USP em 1952, quando tinha apenas 21 anos – enviou 50 animais para o tradicional leilão no Pontal do Paranapanema, região de conflitos em São Paulo.

Os touros tinham sido criados na Fazenda Córrego da Ponte, em Buritis (MG), na época uma sociedade entre ele e Wilma Motta, viúva do ex-ministro das Comunicações, Sérgio Motta. Um dos anfitriões na Fazenda Sant'Anna, fundada em 1974, era Jovelino Mineiro, futuro sócio da Córrego da Ponte. O outro era o sogro de Jovelino, o ex-governador paulista Roberto de Abreu Sodré, fundador da União Democrática Nacional (UDN).

Abreu Sodré foi governador biônico de São Paulo entre 1967 e 1971, durante os anos de chumbo. Em 1968, Fernando Henrique Cardoso lançava seu livro "Dependência e Desenvolvimento na América Latina". Foi o ano da Batalha da Rua Maria Antônia, marcada por briga entre estudantes da USP (maioria de esquerda) e do Mackenzie (maioria de direita), no centro de São Paulo. Ano do Maio de 1968, em Paris. E ano do AI-5, que radicalizou o golpe de 1964.

COMPRADOR ERA PAI DE EX-CONSELHEIRO DO TCE

Segundo presidente eleito após o fim da ditadura, FHC propôs-se a vender em Rancharia os primeiros touros brangus de sua criação, em associação com Jovelino Mineiro e com um pecuarista argentino, Horácio Gutierrez, sócios na Angus Bela Vista Agropecuária. A Folha contou, em 1999, que ele conseguiu vender 31 touros[10] para o sul-mato-grossense Waldemar Bittencourt de Carvalho, um veterano da Revolução de 1932 que se apresentou como "muito amigo" de FHC. O pecuarista de 88 anos pagou R$ 69 mil pelo gado.

Falecido dois anos depois, Carvalho era pai de um conselheiro do Tribunal de Contas do Estado (TCE-SP), Eduardo Bittencourt de Carvalho[11], deputado estadual entre 1983 e 1991 pelo PL, antes da fusão com o Prona. Bittencourt, o filho, esteve sob suspeita de enriquecimento ilícito e lavagem de dinheiro pelo Ministério Público Estadual. Em 2009, ele recebia R$ 21 mil[12] por mês e tinha um patrimônio de US$ 50 milhões[13], no Brasil e nos

---

10 UOL. Gado de FHC se destaca em leilão. Disponível em: https://www1.folha.uol. com.br/fol/pol/ult220898086.htm. Acesso em 21 de maio. 2019

11 VEJA SP: em decisão inédita, Justiça afasta conselheiro do TCE. Disponível em: https://veja.abril.com.br/brasil/sp-em-decisao-inedita-justica-afasta-conselheiro-do-tce/ Acesso em 21 de maio. 2019

12 ÉPOCA. Os tribunais de faz de conta .Disponível em: http://revistaepoca.globo.com/Revista/Epoca/0,,EMI79235-15223,00-OS+TRIBUNAIS+DE+FAZ+DE+CONTA.html. Acesso em 21 de maio. 2019

13 O ESTADO DE S. PAULO. TSE exonera cunhado de deputado em SP. Disponível em:https://politica.estadao.com.br/noticias/eleicoes,tce-exonera-cunhado-de-deputado-em-sp-imp-,877011. Acesso em: 21 de maio. 2019

Estados Unidos. Entre seus bens estava a Agropecuária Pedra do Sol, dona de uma fazenda em Corumbá (MS), o coração do Pantanal.

Foi exatamente a Pedra do Sol, conforme outra reportagem da Folha[14], que efetuou a compra de 33 touros (e não 31, os números oscilam conforme os relatos), por R$ 73 mil. O gerente da agropecuária, Dário de Freitas, enumerou dois fatores para a aquisição: 1) a qualidade dos animais; 2) a amizade de Waldemar Bittencourt – o pai – com Fernando Henrique Cardoso.

Eduardo Bittencourt, o filho, foi exonerado do TCE em 2012, por causa da suspeita de enriquecimento ilícito. Em 1999 o ex-conselheiro apareceu no noticiário em outro escândalo, o relatório da Operação Castelo de Areia, da Polícia Federal. Ele era mencionado como um dos beneficiários de repasses ilegais, para políticos, pela construtora Camargo Corrêa. A operação foi anulada pela justiça dois anos depois, sob a alegação de que as denúncias eram anônimas. O ex-ministro Antonio Palocci, da Fazenda, acusou um ex-ministro do Superior Tribunal de Justiça (STJ) de receber R$ 5 milhões[15] para barrar a operação.

LUCIANA CARDOSO ACOMPANHOU A VENDA

O primeiro leilão com a família Cardoso ocorreu em 1998, muito antes de Eduardo Bitencourt se tornar alvo de investigação. No ano seguinte, em maio de 1999, lá estavam novamente no Pontal do Paranapanema os touros produzidos pela família de FHC no Cerrado mineiro. Dessa vez foram enviados 35 touros[16]. E com

---

14 FOLHA DE S. PAULO . FHC fatura R$ 73 mil com tourinhos brangus. Disponível em: https://www1.folha.uol.com.br/fsp/agrofolh/fa25089811.htm. Acesso em 21 de maio. 2019

15 FOLHA DE S. PAULO. Ex-ministro do STJ recebeu propina de R$ 5 milhões, diz Palocci. Disponível em: https://www1.folha.uol.com.br/poder/2017/08/1913212-ex-ministro-do-stj-recebeu-propina-de-r-5-milhoes-diz-palocci.shtml . Acesso em 26 de maio. 2019

16 FOLHA DE S. PAULO. FHC vende 35 tourinhos em Rancharia. Disponível em: https://www1.folha.uol.com.br/fsp/agrofolh/fa25059912.htm. Acesso em 21 de maio. 2019

a presença especial de uma das filhas de Fernando Henrique, a bióloga Luciana Cardoso. "Meu pai vai para a fazenda para descansar", contou ela à Veja. "Eu vou para trabalhar. Passei um ano preparando o gado para esse leilão".

Era Luciana quem administrava a fazenda em Minas, após a morte de Sérgio Motta, no ano anterior. Seu marido Getúlio Vaz, por sua vez, era pecuarista e sojicultor em Catalão (GO), na metade do caminho entre Brasília e São Paulo. "Fazenda não dá lucro, mas também não dá prejuízo", afirmou ela à Folha. A propriedade em Buritis era a única da família – muito antes das terras em Botucatu, que ela tem em sociedade com o pai e com os irmãos.

Dez anos depois, em março de 2009, Luciana Cardoso ganhou visibilidade após notícias de que ela seria funcionária fantasma do gabinete do senador Heráclito Fortes (DEM-PI). Em entrevista a Mônica Bergamo[17], da Folha, ela disse que preferia exercer o cargo de secretária parlamentar em casa, pois o Senado era "uma bagunça". "Eu cuido de umas coisas pessoais do senador", explicou ela. "Coisas de campanha, organizar tudo para ele".

Em 2018, a campanha de Heráclito Fortes - um dos articuladores do impeachment de Dilma Rousseff - recebeu uma doação de R$ 300 mil do empresário e pecuarista Jonas Barcellos, personagem dos capítulos 11 e 12, ligado ao famoso apartamento em Paris. Nessa época ele já tinha trocado o Senado pela Câmara. Essa doação representou 25% do R$ 1,2 milhão recebido por Fortes - que não conseguiu a reeleição.

FAZENDA TINHA A MARCA CENTRAL BELA VISTA

A empresa Fazenda Sant'Anna foi fundada em 1974, quando Jovelino Mineiro Filho era um jovem de 23 anos e não tinha ainda mergulhado no agronegócio, para cuidar das fazendas que a mulher Maria do Carmo herdou do pai, Abreu Sodré. Foi nesse mesmo ano que ele se mudou para Paris, para cursar mestrado

---

17 FOLHA DE S. PAULO. O Senado é uma bagunça. Disponível em: https://www1. folha.uol.com.br/fsp/ilustrad/fq2703200907.htm. Acesso em 21 de maio. 2019

e doutorado na Universidade de Paris Panthéon-Sorbonne. Foi lá que conheceu Paulo Henrique Cardoso. Depois, FHC.

O site da fazenda no Pontal a apresenta como "uma das maiores propriedades do Brasil", entre as unidades de Rancharia e Uberaba (MG). Ao nome Sant'Anna se agrega o complemento "a genética da carne"[18]. Lá são criados gado nelore, brangus, gir e brahman. Seus leilões costumam ser transmitidos pela imprensa defensora do agronegócio, como o canal Terra Viva[19], da Band – fundado pelo próprio pecuarista. O último leilão em Rancharia – município que tem o maior rebanho bovino do estado de São Paulo – ocorreu em setembro de 2017.

Na época a Sant'Anna estava conectada à Central Bela Vista Pecuária, um grande centro de genética bovina em Botucatu (SP). Vendida por Jovelino Mineiro para um grupo holandês, as terras da Bela Vista fazem divisa com a fazenda Três Sinos, dos Cardoso. Essa fazenda está em nome da Goytacazes Participações – a empresa agropecuária na qual FHC voltou a ser sócio.

O Ministério Público do Estado de São Paulo moveu em 2008 um inquérito civil[20] por crimes ambientais na região do Ribeirão da Confusão, em Rancharia. A Promotoria de Justiça Regional do Meio Ambiente do Pontal do Paranapanema constatou que os rios da região vinham sendo assoreados por causa da ausência de mata ciliar. E mais: erosão, ocupações irregulares. Segundo o promotor Nelson Bugalho, faltavam práticas de conservação do solo por parte dos proprietários rurais.

Hábil, Jovelino Mineiro costurou com Bugalho e equipe do Ministério Público – com reunião na própria Fazenda Sant'Anna –

---

18 FAZENDA SANT'ANNA. A fazenda. Disponível em: http://www. fazendasantanna.com.br/a-fazenda/. Acesso em 21 de maio. 2019

19 TV UOL. Leilão das Fazendas Sant'anna acontece neste domingo (17). Disponível em: http://www.fazendasantanna.com.br/a-fazenda/. Acesso em 21 de maio. 2019

20 MP - SP. Inquérito Civil n 020/08. Disponível em: http://www.mpsp.mp.br/ portal/page/portal/cao_criminal/Boas_praticas/Relacao_Projetos/Meio_ Ambiente/232%2004%2011.pdf. Acesso em 21 de maio. 2019

um projeto chamado Reviva Confusão. Ele compôs até o Conselho Deliberativo do projeto, apoiado pela prefeitura de Rancharia, pela Secretaria de Estado do Meio Ambiente e pelo Sindicato Rural do município. Entre os 46,2 mil hectares da Bacia do Rio Confusão, calculava o Ministério Público em 2010, apenas 2.440 eram de vegetação nativa.

A Fazenda Sant'Anna também tem unidade em Cornélio Procópio, no Paraná, portanto do outro lado do Rio Paranapanema. Parte da propriedade – 1.100 hectares – foi arrendada para a Agrícola Nova América plantar cana. Jovelino Mineiro tentou o despejo da empresa, alegando abandono das terras, mas o pedido foi indeferido.

Nesse tentáculo paranaense, nenhuma conexão com Fernando Henrique Cardoso.

Em 1994, eleição foi comemorada em fazenda paradisíaca

Foi na Bela Vista, em Pardinho (SP), que Jovelino Mineiro criou empresa de genética bovina vendida em 2011 pela CRV; grupo holandês adquiriu, na vizinha Botucatu, terras contíguas às de FHC

Em um de seus livros, "A Arte da Política: a História que Vivi"[21], Fernando Henrique Cardoso conta como recebeu a notícia de que estava eleito, em 1994. A dúvida era vencer ou não no primeiro turno, diante da popularidade do Plano Real. "Ruth e eu votamos em São Paulo e depois decidimos, procurando não permitir que a informação vazasse à imprensa, nos refugiar do enorme rebuliço a nosso redor num local agradável e tranquilo: a Fazenda Bela Vista, em Pardinho, a 200 quilômetros da capital".

A fazenda pertence a Jovelino Carvalho Mineiro Filho e Maria do Carmo de Abreu Sodré. "Viajamos até a cidade, próxima de Botucatu, num dos jatinhos que nos serviram durante a campanha", relata FHC. Eles seguiram de carro até a fazenda, com filhos, genros (maridos de Beatriz e Luciana Cardoso), nora (mulher de Paulo Henrique) e netos. "Apenas nós, e os anfitriões com o filho, Bento, assistimos num grande aparelho de TV aos resultados da apuração".

FHC conta, então, que Jovelino e Carmo "transformaram a terra vazia num belo empreendimento, um centro de excelência para a melhoria genética de touros da raça brangus". E ele descreve o cenário: "A fazenda faz jus ao nome: situada num platô, da sede

---

21 CARDOSO, Fernando Henrique. A arte da política. A História que vivi. São Paulo: Civilização Brasileira. 2006

– inclusive da piscina, onde dei alguns mergulhos – avista-se um grande vale e cinco ou seis cidades, entre elas Botucatu e Pardinho".

O entusiasmo do ex-presidente se justifica: trata-se de uma das paisagens mais bonitas do estado de São Paulo, na cuesta que divide a depressão periférica do planalto ocidental. É nessa região de Botucatu, Pardinho e Bofete que celebridades têm se instalado para descansar ou criar gado.

Entre essas celebridades está a apresentadora Ana Maria Braga[22], do programa Mais Você, da Globo, criadora de gado brahman. O médico e escritor Dráuzio Varella, colaborador do Fantástico, possui o Sítio Paraíso da Serra, que inspirou a criação da Trilha Dráuzio Varella[23].

E é também não longe dali, em um canavial já não tão bucólico, que ficam as propriedades mais recentes adquiridas por Fernando Henrique Cardoso e filhos - uma delas cedida em 2018 à prefeitura de Botucatu.

EMPRESA DE GENÉTICA LEVOU O NOME DA FAZENDA

Sete anos após comemorarem as eleições de 1994, Fernando Henrique, Ruth Cardoso e família passaram na Fazenda Bela Vista a virada de 2001 para 2002[24]. Era a entrada do último ano do governo do sociólogo. E os últimos meses antes da venda da fazenda em Buritis (MG).

Dessa vez o presidente foi de avião para Campinas (SP) e seguiu de helicóptero até Botucatu. De lá, foi de caminhonete até a fazenda. Descansou à beira da piscina – ele foi gravado por

---

22 DINHEIRO RURAL. Os globais e rurais. Disponível em: https://www.dinheirorural. com.br/secao/estilo-no-campo/os-globais-e-rurais. Acesso em 21 de maio. 2019

23 WIKILOC. Sítio Capelinha. Disponível em: https://pt.wikiloc.com/trilhas-caminhada/ sitio-capelinha-serra-drauzio-varella-12412843. Acesso em 21 de maio. 2019

24 O ESTADO DE S. PAULO. FHC chega a fazenda onde passará réveillon. Disponível em:https://politica.estadao.com.br/noticias/geral,fhc-chega-a-fazenda-onde-passara-o-reveillon,20011229p41976. Acesso em 21 de maio. 2019

uma emissora de TV – e passeou a cavalo. "Dois agentes da Polícia Federal e seis seguranças garantiram o refúgio da família de FHC", informou a Folha[25].

O arquiteto que construiu a sede da Fazenda Bela Vista[26], Luiz Gaudenzi, é o mesmo da fazenda que Fernando Henrique tinha em Buritis. O projeto da Bela Vista foi premiado pelo Instituto dos Arquitetos do Brasil (IAB). E é o primeiro a ser listado no portfólio de Gaudenzi.

À arquitetura suntuosa soma-se a paisagem peculiar. O casal Jovelino e Maria do Carmo Mineiro foi morar em Pardinho nos anos 80, após ela herdar as fazendas do pai, baseadas no café e em uma pecuária à moda antiga. O fazendeiro trocou o café por eucalipto e cana – como se vê hoje mais ao norte e nas terras dos Cardoso.

Jovelino Mineiro também abandonou a produção extensiva de gado e apostou na genética. Ele desenvolveu em Pardinho a Central Bela Vista[27] Genética Bovina – vendida em 2011 para a CRV[28], uma cooperativa formada por mais de 28 mil fazendeiros holandeses e belgas. No ano seguinte a CRV comprou terras em Botucatu, próximas da Cachoeira Véu da Noiva, para construir a nova sede da Bela Vista.

Assim como a Fazenda Rio Pardo, desapropriada em março de 2018 pela prefeitura de Botucatu, a Três Sinos está em nome da Goytacazes Participações, a empresa em que FHC voltou a ser sócio. A Goytacazes foi fundada exatamente em 2012, em fevereiro, mesmo ano em que a CRV se tornou vizinha do canavial dos Cardoso.

---

25 FOLHA DE S. PAULO. Refúgio de Tucano é descoberto. Disponível em: https://www1.folha.uol.com.br/fsp/1994/10/06/caderno_especial/2.html. Acesso em 21 de maio. 2019

26 LUIZGAUDENZI. Disponível em: https://luizgaudenzi.com/projetos/residencial/fazenda-bela-vista/. Acesso em 21 de maio. 2019

27 MOVIMENTO NACIONAL DE PRODUTORES. Disponível em: https://mnp.org.br/?pag=ver_noticia&id=418857. Acesso em 22 de maio. 2019

28 CRVLAGOA. Disponível em: http://www2.crvlagoa.com.br/GrupoCrv.aspx. Acesso em 22 de maio. 2019

DA CARNE AO LEITE, FAMÍLIA EXPANDE NEGÓCIOS

Foi na fazenda com vista bonita em Pardinho que Jovelino Mineiro criou em 2007[29] o Laboratório de Qualidade de Certificação da Carne, integrado ao Programa Genoma Funcional do Boi, em parceria com a Universidade Estadual Paulista (Unesp-Botucatu). A Bela Vista desenvolvia havia dez anos parcerias com esse campus da Unesp.

Essa parceria foi o embrião da futura sociedade do pecuarista com o empreiteiro Emílio Odebrecht e com o pesquisador José Fernando Perez, ex-diretor científico da Fundação para o Amparo à Pesquisa do Estado de São Paulo (Fapesp), na criação da empresa de pesquisa genética Recepta Biopharma.

Jovelino não abandonou Pardinho após a venda da empresa para o grupo CRV. A empresa Leiteria e Laticínios Pardinho Artesanal Ltda foi aberta em setembro de 2013, no quilômetro 7 de uma vicinal da Rodovia Castelo Branco – mesmo endereço da Fazenda Bela Vista. Essa empresa fabrica os queijos Cuesta, Cuestinha, CuestAzul e Mandala, da Pardinho Artesanal[30].

Uma das filiais da pessoa jurídica Jovelino Carvalho Mineiro Filho, criada também em 2013, fica nessa vicinal que liga Pardinho à rodovia. Em junho de 2019, a marca Pardinho Cuesta foi premiada na França, durante o Mondial Du Fromage de Tours. Mérito de um produto "macio, adocicado e com notas amendoadas"[31].

A Pardinho Artesanal tem como sócio o filho Bento Mineiro. Diretor da Sociedade Rural Brasileira, ele também possui uma empresa leiteira em Guaramiranga, no Ceará, a Zebu Leite Natural. Neto do ex-governador Roberto de Abreu Sodré, Bento segue uma determinada tradição.

---

29 MOVIMENTO NACIONAL DE PREODUTORES. Disponível em: https://mnp. org.br/?pag=ver_noticia&id=418857. Acesso em 21 de maio. 2019

30 CAMINHO DO QUEIJO PAULISTA. Caminho do queijo artesanal paulista. Disponível em: https://www.caminhodoqueijopaulista.com/pardinho-artesanal/. Acesso em 21 de maio. 2019.

31 PUBLIQUE. Pardinho Cuesta recebe prêmio na França. Disponível em: https:// publique.com/blog/pardinho-cuesta-recebe-maior-premio-de-queijos-na-franca/. Acesso em 22 de junho. 2019.

DE JOVELINO A ABREU SODRÉ

No famoso apartamento de Paris, o DNA da família Abreu Sodré

Imóvel na Avenida Foch recebeu FHC após ele deixar o governo, em 2003; quem o frequenta é Tomás, filho dele com jornalista Mirian Dutra; Maria do Carmo Mineiro é uma das herdeiras

A conquista da cidade-luz pelos Abreu Sodré teve sua origem histórica em disputas políticas locais, no município de Santa Cruz do Rio Pardo (SP), envolvendo acusações de grilagem e até assassinatos, no início do século 20. A família provinciana do interior paulista viu um de seus filhos chegar ao poder: governador biônico durante a ditadura, o udenista Roberto de Abreu Sodré comprou um apartamento na Avenida Foch que grudaria para sempre na imagem do presidente Fernando Henrique Cardoso.

A jornalista Mirian Dutra, com quem FHC teve um filho fora do casamento (ele o reconheceu em 2009[1], embora tenha divulgado um exame de DNA negativo), sustenta que Tomás Dutra ainda frequenta o apartamento, alternando com temporadas em Nova York. O elo entre aquela família aristocrática e FHC foi Maria do Carmo de Abreu Sodré Mineiro, a Carmo, casada com Nê – que é como o ex-presidente chama o pecuarista Jovelino Carvalho Mineiro Filho.

Foi na fazenda de Jovelino e Maria do Carmo, em Pardinho (SP), que Fernando Henrique e Ruth Cardoso comemoraram a

---

1 FOLHA DE S. PAULO. FHC decide reconhecer oficialmente filho que teve há 18 anos com jornalista. Disponível em: https://www1.folha.uol.com.br/fsp/brasil/fc1511200905.htm. Acesso em 26 de maio. 2019.

primeira eleição para a Presidência da República, em outubro de 1994. E foi para o apartamento da mãe dela (Abreu Sodré faleceu em 1999), em Paris, que eles foram passar uma temporada, após o sociólogo deixar o Palácio do Planalto, em 2003.

A VERSÃO DE MIRIAN DUTRA

Em entrevista ao Diário do Centro do Mundo[2], em 2016, Mirian Dutra disse que FHC é o dono de fato do apartamento de Paris, comprado pelos Abreu Sodré. E de mais um no Trump Tower, em Nova York. "O Tomás fica no apartamento do pai em Nova York e, em Paris, naquele apartamento que está em nome do Jovelino Mineiro", afirmou ao jornalista Joaquim Carvalho. "Ele é, na verdade, do Fernando Henrique".

O ex-presidente nega ter qualquer apartamento no exterior. Em uma nota de esclarecimento publicada em seu Facebook[3], em 2015, ele disse que o imóvel pertencia a Maria do Carmo Mellão de Abreu Sodré (que possui nome idêntico ao da filha), a sogra de Jovelino Mineiro.

Mirian chama Jovelino de "operador" de Fernando Henrique. Conta que foi com ele e com o empresário Beto Carrero ver a fazenda em Buritis (MG) para avaliarem a compra – efetuada em sociedade com o ex-ministro Sérgio Motta. Como ela ficava sozinha em datas como Natal e Ano Novo, afirmou ela ao DCM, Fernando Henrique disse a ela que compraria a fazenda – a 216 quilômetros de Brasília – para que ficassem mais tempo juntos.

---

2 DIÁRIO DO CENTRO DO MUNDO. Mírian Dutra ao DCM: FHC é dono mesmo do apartamento de Paris. Disponível em: https://www.diariodocentrodomundo. com.br/o-caso-do-ex-diretor-da-glob-que-abriu-concessionarias-de-tv-em-sociedade-com-o-amigo-de-fhc-que-empregou-mirian-dutra-no-exterior-por-joaquim-de-carvalho/. Acesso em 26 de maio. 2019

3 INFOMONEY. FHC nega que tenha apartamento em Paris: "estranho que agora o assunto reapareça". Disponível em: https://www.infomoney.com.br/mercados/politica/noticia/4091785/fhc-nega-que-tenha-apartamento-paris-estranho-que-agora-assunto. Acesso em 26 de maio. 2019

O apartamento onde Mirian morou em Barcelona também é mencionado pela jornalista. Ela o comprou no início de 1997, no distrito de Sarrià Sant Gervasi. (Naquele mesmo ano era demolido o estádio de Sarriá, do Deportivo Español, em um dos bairros daquele distrito. Ele foi eternizado na crônica esportiva por causa da derrota da seleção brasileira para a Itália, em 1982, em jogo que ficou conhecido como a "tragédia de Sarriá".)

É que, segundo a jornalista, foi Fernando Henrique Cardoso quem mandou fazer a reforma no apartamento. O dinheiro teria sido enviado pelo senador José Serra (PSDB-SP) – ele também exercia o cargo no Senado naquela época – e pelo espanhol Gregório Preciado, casado com uma prima de Serra, Vicencia Talan.

Em abril de 2018, a Polícia Federal divulgou um laudo[4] que atesta transações financeiras entre Vicencia e o empresário José Amaro Pinto Ramos. Este foi citado pelo delator Pedro Novis – ex-presidente da Odebrecht, colega de Jovelino Mineiro em associações de pecuaristas – como um dos que enviavam dinheiro para contas de Serra no exterior.

A MARCHA DAS FAMÍLIAS COM TERRA

A família de Abreu Sodré, cafeicultora, foi diretamente responsável pela adesão de Jovelino Mineiro ao agronegócio – por sua vez, decisivo na iniciação de Fernando Henrique Cardoso e de seus filhos na pecuária. Boa parte das fazendas de Jovelino pelo Brasil vem do espólio do ex-governador e do avô de Maria do Carmo Mineiro, João Mellão. (Avô do ex-ministro e ex-deputado João Mellão Neto, que começou na política fazendo campanha para FHC, em 1978.)

Em 1986, Roberto Costa de Abreu Sodré deixou a presidência do Conselho Nacional do Café para assumir o

---

4 O ESTADO DE S. PAULO. Laudo vê transação financeira entre suspeito e prima de José Serra. Disponível em: https://politica.estadao.com.br/blogs/fausto-macedo/laudo-ve-transacao-financeira-entre-suspeito-e-prima-de-jose-serra/. Acesso em 26 de maio. 2019

Itamaraty, nomeado ministro das Relações Exteriores por José Sarney. Ele não tinha nenhum vínculo com a democracia. Pelo contrário. Foi governador de São Paulo pela Arena entre 1966 e 1971, quando a Operação Bandeirantes (Oban), a "sucursal do inferno", torturava e matava presos políticos. Sua mulher, Maria do Carmo Mellão de Abreu Sodré (a filha herdou os primeiros nomes), criou e presidiu o Fundo de Solidariedade.

Antes, em 1964, o fundador da UDN ajudou a organizar a Marcha da Família com Deus pela Liberdade. A Sociedade Rural Brasileira – que fica no mesmo prédio que a Fundação FHC – foi outra apoiadora daquelas manifestações anticomunistas de rua. Os conservadores protestavam contra comício do presidente João Goulart, onde ele defendeu as reformas de base. Um dos decretos de Jango permitia a desapropriação de terras em uma faixa de dez quilômetros à margem de rodovias e ferrovias.

O medo era da reforma agrária. E a famílias Abreu Sodré e Costa eram grande proprietárias de terras no interior paulista. Celso e Junko Sato Prado contam com detalhes, em livro sobre Santa Cruz do Rio Pardo[5], como esse poder agrário se refletia na política e na justiça locais. Muito antes da repressão pelo Exército de acampamento de sem-terra na fazenda de FHC em Buritis (MG) e muito antes da polêmica sobre o apartamento de Paris.

No início do século 20, o ex-deputado Olympio Rodrigues Pimentel acusava Francisco de Paula Abreu Sodré – pai de Roberto – de corrupto e de ordenar crimes de violência. O juiz Augusto José da Costa, tio da mulher de Sodré, não escapou das denúncias (presentes nos jornais da época) de proteger, nas palavras dos autores do livro, os "crimes políticos, espancamentos, invasões de terras, atentados e assassinatos".

Francisco Abreu Sodré era genro do ex-deputado Antônio José da Costa Junior, irmão do juiz Augusto e amigo do presidente Campos Salles. Costa possuía terras no oeste paulista, desde a

---

5 PRADO, Celso; PRADO, Junko Sato. Santa Cruz do Rio Pardo: Memórias, documentos e referências. Joinville: Clube de Autores, 2014.

região onde fica atualmente Ourinhos, informam os autores do livro, "avançando terras para além do Rio Paranapanema até o hoje município de Jacarezinho". O médico Sodré migrara do Rio e se casou com Idalina Macedo Costa. Herdou do sogro a influência política e se tornou fazendeiro.

As propriedades dos Mellão Costa e dos Abreu Sodré se estenderam do Vale do Paranapanema, na atual região de Assis (onde fica Santa Cruz do Rio Pardo), para o que hoje é conhecido como Pontal do Paranapanema. É lá que ficam parte das terras de Maria do Carmo Abreu Sodré (e Jovelino) Mineiro. Por exemplo, a fazenda em Rancharia onde a família FHC vendeu seus primeiros touros brangus.

A FRONTEIRA ENTRE O PÚBLICO E O PRIVADO

Em 1902, o jornal Correio do Sertão – de oposição a Abreu Sodré, o pai do governador – relatou uma invasão de residência por capangas que buscavam um italiano chamado Sertori, que criticara o governo municipal de Sodré: "Consta na reportagem que o próprio Sodré determinou aos capangas as imobilizações de Sertori e Phelippe, enquanto aplicava-lhes tremenda surra com rebenque de couro tipo 'rabo-de-tatu'".

Roberto Costa de Abreu Sodré era o filho caçula de Francisco. Mais tarde ele se mudou para Avaré. Foi no município ao lado, Arandu, na Fazenda Jamaica, que as cúpulas das Forças Armadas de Brasil e Argentina se reuniram, em 1995 – como já ocorrera entre os presidentes José Sarney e Raúl Alfonsín. A colunista Joyce Pascowitch contou na Folha que, "para que tudo corresse dentro dos conformes, o weekend sigilo total foi monitorado nos bastidores por Carmo Sodré Mineiro".

FHC comenta esse encontro no primeiro volume dos "Diários da Presidência".[6] Ele tivera um longo despacho com o chanceler Luiz Felipe Lampreia, no dia 31 de outubro:

---

6 CARDOSO, Fernando Henrique (Ed.). Diários da presidência: volume 2 (1997-1998). São Paulo: Companhia das Letras, 2016.

– Ele me deu conta de uma reunião que houve na fazenda do Sodré entre ele, Guido di Tella, o ministro de Defesa da Argentina, o chefe do Estado-Maior brasileiro e outras autoridades para acertar vários pontos com a Argentina. Uma reunião boa porque discreta, ninguém ficou sabendo, informal.

Em Teodoro Sampaio (SP), Jovelino arrenda fazenda para Odebrecht

Terras no Pontal foram ocupadas pelo MST no último ano do governo Fernando Henrique; propriedade dos Abreu Sodré foi definida por pesquisador da Unesp como grilada

A Fazenda Santa Maria, em Teodoro Sampaio (SP), foi uma das propriedades de Jovelino Carvalho Mineiro Filho que mais tiveram visibilidade na imprensa, no início do século. Isso porque ela foi ocupada pelo Movimento dos Trabalhadores Rurais Sem-Terra (MST), que protestavam contra a conexão entre o pecuarista e os filhos de Fernando Henrique Cardoso, sócios numa fazenda em Buritis (MG).

O que nunca se contou é que Jovelino Mineiro arrenda as terras de 5.416 hectares para a Odebrecht Agroindustrial, o braço usineiro da família baiana, renomeado para Atvos Agroindustrial. O empreiteiro baiano e o fazendeiro paulista são amigos e sócios em uma empresa de genética, a Recepta Biopharma, e já foram representados em assembleia de acionistas pelo advogado de Fernando Henrique.

A Odebrecht Agroindustrial foi doadora de campanha para vários políticos – de diversos partidos – envolvidos na Operação Lava Jato. Entre as doadoras estão as duas usinas da região, a Conquista do Pontal e a Destilaria Alcídia. A Conquista do Pontal foi inaugurada em 2009[7], com a presença de Marcelo Odebrecht – em prisão domiciliar desde 2017 – e do governador tucano José Serra. A empresa ainda se chamava ETH Bioenergia.

---

7 CANAL DA CANA. Marcelo Odebrecht e José Serra na inauguração da usina da ETH. Disponível em: http://www.canaldacana.com.br/noticias-detalhes/marcelo-odebrecht-e-jos-eacute-serra-na-inaugura-ccedil-atilde-o-da-usina-da-eth/3050/#.XOp_BlNKjrd. Acesso em 25 de maio. 2019

Face empresarial da Santa Maria, a Fazenda SanMaria Ltda possui um capital social de R$ 5,7 milhões e está registrada em três nomes: o de Jovelino Mineiro, o da Fazenda Santanna S.A (representada pelo próprio pecuarista, que possui outras terras no Pontal do Paranapanema) e de sua mulher, Maria do Carmo de Abreu Sodré Mineiro.

Em 1998, o repórter Bernardino Furtado, da Folha, foi até a Fazenda Santa Maria e constatou que ali estava sendo utilizado trabalho infantil em uma lavoura de algodão[8]. Ele entrevistou quinze crianças de 11 a 14 anos que colhiam o produto em três áreas da fazenda. Os adultos também não tinham registro em carteira e eram transportados em caminhões e carretas. Comiam comida fria levada em marmitas. O pagamento semanal estava atrasado.

Detalhe: a propriedade de Abreu Sodré – herdada por Carmo e Jovelino Mineiro – estava entre as beneficiárias de um projeto de 1997 do governo paulista, comandado na época pelo tucano Mário Covas. O presidente era Fernando Henrique. O Projeto Algodão foi idealizado por Xico Graziano, hoje convertido ao bolsonarismo. Ele tinha sido presidente do Instituto Nacional de Colonização Agrária (Incra) durante o governo FHC e era secretário da Agricultura.

Os sobrenomes Mellão (da mãe de Carmo) e Abreu Sodré são importantes para entender a história das propriedades da família no Pontal, região de grilagem, desmatamento e conflitos no oeste paulista. Algumas fazendas pertenciam ao ex-governador Roberto de Abreu Sodré, sogro de Jovelino. Outras a João Mellão, avô de Maria do Carmo. A origem da Santa Maria ora é atribuída a uma família, ora a outra.

A informação de que o fazendeiro arrenda as terras em Teodoro Sampaio para a Atvos consta de pesquisa realizada no campus de Presidente Prudente da Universidade Estadual

---

8 FOLHA DE S. PAULO. Agricultores empregam crianças no Pontal. Disponível em: https://www1.folha.uol.com.br/fsp/brasil/fc16069824.htm. Acesso em: 02 de julho. 2019.

Paulista (Unesp)[9]. Em monografia para o Núcleo de Estudos, Pesquisas e Projetos de Reforma Agrária (Nera), Michele Cristina Martins Ramos escreveu em 2015 que a Santa Maria tinha sido "recentemente incorporada pela Odebrecht para o plantio de cana".

Outra pesquisadora da Unesp ouvida pelo De Olho nos Ruralistas confirmou e atualizou a informação. Em 2014, até um site especializado em agronegócio, o Beef Point[10], contava, em perfil simpático a Jovelino Mineiro, que ele era "um dos principais fornecedores das usinas do grupo Odebrecht". Emílio Odebrecht já se declarou "muito amigo" de Jovelino Mineiro.

As usinas da Odebrecht na região foram mencionadas como doadoras ilegais de campanha para políticos, em meio ao escândalo da Lava Jato[11]. As investigações mostram que o próprio Fernando Henrique Cardoso pediu a Emílio Odebrecht doações para campanhas de aliados[12]. Um dos títulos para o pedido de dinheiro era o seguinte: "O de sempre".

MST ALEGA QUE TERRAS SÃO PÚBLICAS

A quarta das ocupações da Fazenda Santa Maria pelo MST, em 2002 (último ano do segundo governo Fernando Henrique Cardoso),

---

9 RAMOS, Michele Cristina Martins. Impactos da territorialização do setor sucroalcooleiro nos assentamentos rurais e na luta pela/na terra no pontal do Paranapanema: o caso do assentamento guarani. Presidente Prudente: Curso de Geografia, Unesp, 2015. Disponível em: http://www2.fct.unesp.br/nera/monografia/mono_ramos_2015.pdf. Acesso em: 14 jun. 2019

10 BEEF POINT. Um líder rural discreto pragmático e afeito: a inovação jovelino mineiro. Disponível em: https://www.beefpoint.com.br/cadeia-produtiva/giro-do-boi/um-lider-rural-discreto-pragmatico-e-afeito-a-inovacao-jovelino-mineiro/. Acesso em 25 de maio. 2019

11 VALOR ECONÔMICO. Citados em planilha da Odebrecht afirmam que doações foram legais. Disponível em: https://www.valor.com.br/politica/4495892/citados-em-planilha-da-odebrecht-afirmam-que-doacoes-foram-legais. Acesso em 10 de junho.. 2019

12 G1. Após e-mail de FHC a Odebrecht, empresas doaram a candidato tucano. Disponível em: https://g1.globo.com/pr/parana/noticia/apos-e-mail-de-fhc-a-odebrecht-empresas-doaram-a-candidato-tucano.ghtml. Acesso em 10 de junho. 2019

foi noticiada pela grande imprensa da seguinte forma, na época: "MST invade fazenda de sócio de filhos de FHC"[13].

A Folha informou naquele ano que a Fazenda Pública do Estado de São Paulo havia entrado com uma ação discriminatória, em 2000, para considerar as terras devolutas. Um dos advogados de Jovelino Mineiro, Takeo Konishi, confirmou que o 1º Tribunal de Alçada considerara procedente o pedido – decisão em que se baseava José Rainha Júnior, na época líder do MST na região.

Os proprietários recorreram e depois, segundo o Estadão, o Instituto de Terras do Estado de São Paulo (Itesp) informou que a área não era devoluta. Não era o que observava o geógrafo Bernardo Mançano Fernandes, professor livre-docente da Unesp-Presidente Prudente: "Ele comprou terras griladas sabendo que eram griladas. Todos ali compraram".

Antigo dono do famoso "apartamento de FHC em Paris", onde mora o filho do ex-presidente com a jornalista Mirian Dutra, o ex-governador Roberto de Abreu Sodré (1917-1999) era o dono dessas terras. Durante uma das ocupações do MST, em 2000 (quando famílias foram ameaçadas por seguranças), Jovelino Mineiro era apenas o procurador da viúva de Sodré, Maria do Carmo Mellão de Abreu Sodré, falecida em 2012.

Em 2002, a negociação para a desocupação da fazenda no Pontal foi feita por policiais civis e por militares[14]. O general Alberto Cardoso, então ministro-chefe do Gabinete de Segurança Institucional da Presidência da República, considerou a ocupação "uma provocação contra a democracia e contra o governo". Em Minas, anos antes, ele acompanhava as manifestações contra a propriedade da família Cardoso em Buritis.

---

13 UOL. MST invade fazenda de sócio de FHC. disponível em: https://www.beefpoint.com.br/cadeia-produtiva/giro-do-boi/um-lider-rural-discreto-pragmatico-e-afeito-a-inovacao-jovelino-mineiro/. Acesso em 25 de maio. 2019

14 UOL. MST invade fazenda de sócio de filhos de FHC. Disponível em: https://noticias.uol.com.br/inter/reuters/2002/03/25/ult27u20521.jhtm. Acesso em 10 de junho. 2019

O MST voltou a reivindicar as terras da Odebrecht em outras ocasiões. Em 2008[15], tentou ocupar a Destilaria Alcídia, contra a expansão da cana-de-açúcar na região. O diretor da usina, na época, era Lamartine Navarro Neto, ainda dono de 15% da empresa após vender 85% para a Odebrecht. Foi a primeira usina comprada pelo grupo baiano no estado de São Paulo.

Em 2015, os sem-terra montaram um acampamento, o 1º de Maio, no município vizinho de Euclides da Cunha. Ele era composto por trabalhadores demitidos da Destilaria Alcídia. Segundo a Rede Brasil Atual[16], o terreno da antiga Ferrovia Paulista S.A. (Fepasa) estava abandonado e era invadido para plantio de cana e plantação de gado.

O MST alega que a área faz parte de 92 mil hectares – o 15º Perímetro do Pontal do Paranapanema – de terras que já foram julgadas como devolutas, em 2010, pelo Superior Tribunal de Justiça (STJ). Mesmo assim, os camponeses foram vítimas de um atentado.

Cinco homens chegaram de carro e cercaram o acampamento, conforme o texto de Sarah Fernandes para a Rede Brasil Atual. E começaram a atirar contra alguns barracos. Só havia um homem no local. Ele tentou fugir. Um dos pistoleiros o alcançou e disse a ele que as famílias tinham 24 horas para sair.

"Em seguida, deram dois tiros em um cachorro que vivia no acampamento", narra a repórter, "e atearam fogos aos barracos, queimando roupas, eletrodomésticos, móveis e pertences pessoais dos acampados".

---

15 FOLHA DE S. PAULO. Odebrecht compra primeira usina em SP. Disponível em: https://www1.folha.uol.com.br/fsp/dinheiro/fi0407200715.htm . Acesso em 10 de junho. 2019

16 REDE BRASIL ATUAL. Trabalhadores rurais denunciam atentado contra acampamento do MST. Disponível em: https://www.redebrasilatual.com.br/cidadania/2015/06/acampamento-do-mst-no-pontal-do-paranapanema-sobre-atentado-com-tiros-e-fogo-1897/. Acesso em 25 de maio. 2019

ATVOS RECEBEU 22 MULTAS AMBIENTAIS

Em 2009, o Ministério Público do Estado de São Paulo arquivou um processo contra a Fazenda Sanmaria Ltda, localizada próxima do Córrego dos Macacos. A instituição apurava "eventual dano ambiental consistente na supressão de vegetação em área de preservação permanente e ausência de averbação de reserva legal na matrícula do imóvel".

Quase dez anos depois, a reserva legal está lá. Após receber 22 multas entre 2011 e 2018, num total de R$ 2,67 milhões, a Atvos – antes Odebrecht Agro – passou a fazer parte do Programa de Conversão de Multas[17] da Secretaria de Estado do Meio Ambiente. A informação foi veiculada em abril de 2018 pela pasta, que apontou um passivo de R$ 6 milhões do setor sucroenergético.

Essa compensação pela Atvos ocorrerá a partir da adesão a um projeto do Instituto Ipê, o Corredores de Vida: Resgate da Biodiversidade e Geração de Renda no Pontal do Paranapanema. Um corredor ecológico ligará a Estação Ecológica Mico-Leão-Preto à reserva legal da Fazenda Santa Maria, uma grande propriedade dotada de aeródromo.

De multas ambientais a Fazenda Santa Maria não escapou, informa o Diário Oficial do Estado de São Paulo. A regional de Presidente Prudente da Coordenadoria de Fiscalização Ambiental da Secretaria de Meio Ambiente informou em agosto de 2017 que o proprietário do imóvel não compareceu ao órgão para firmar o Termo de Compromisso de Recuperação Ambiental estipulado em notificação anterior. A multa por dano ambiental foi de R$ 7,56 mil.

Um dos destinos da cana-de-açúcar produzida nas terras de Jovelino Mineiro, a Usina Conquista do Pontal foi inaugurada pelo governador Serra, em 2009, como "primeira do Estado a cumprir na íntegra as normas ambientais da atual gestão".

---

17 SECRETARIA DE INFRAESTRUTURA E MEIO AMBIENTE. Conversão de multas restaura corredores ecológicos. Disponível em: https://www. infraestruturameioambiente.sp.gov.br/2018/04/conversao-de-multas-restaura-corredores-ecologicos/. Acesso em 25 de maio. 2019

Fundada em 2007, a Odebrecht Agroindustrial chamava-se ETH Bioenergia até 2013, quando vendeu 1/3 de suas ações para o conglomerado japonês Sojitz Coporation. A mudança do nome para Atvos Agroindustrial, em dezembro de 2017[18], foi uma tentativa de dissociar a Odebrecht Agro das denúncias da Operação Lava Jato. (Curiosamente, uma das peças de campanha da empresa trazia funcionários com uma faixa onde se lia: "Sou Odebrecht Agro".)

Mas as doações de campanha em 2014 ainda eram feitas pela Odebrecht Agroindustrial. A maior delas, de R$ 200 mil, foi para o deputado estadual Barros Munhoz (PSDB, agora no PSB), ministro da Agricultura durante o governo Itamar Franco. Em 2017, dois executivos da Odebrecht – delatores da Lava Jato – disseram que ele recebeu R$ 50 mil da empresa por caixa 2[19], em 2010.

A Destilaria Alcídia e a Usina Conquista do Pontal também fizeram doações de campanha.

Em maio de 2019, em dívida com o fundo estadunidense Lone Star, e em meio à crise financeira do grupo Odebrecht após as investigações da Operação Lava Jato, a Atvos entrou em recuperação judicial, com uma dívida de R$ 12 bilhões[20].

---

18 G1. Odebrecht Agroindustrial muda nome para Atvos e fala em novos investimentos. Disponível em: https://g1.globo.com/economia/agronegocios/noticia/odebrecht-agroindustrial-muda-nome-para-atvos-e-fala-em-novos-investimentos.ghtml. Acesso em 25 de maio. 2019

19 G1. Delações da Odebrecht: Barros Munhoz teria recebido R$ 50 mil para a eleição de 2010. Disponível em: https://g1.globo.com/sp/campinas-regiao/noticia/delacoes-da-odebrecht-barros-munhoz-teria-recebido-r-50-mil-para-a-eleicao-de-2010.ghtml Acesso em 25 de maio. 2019

20 EXAME. Empresa da Odebrecht, com dívida de R$12 bi, entra em recuperação judicial. Disponível em: https://exame.abril.com.br/negocios/atvos-do-grupo-odebrecht-deve-pedir-recuperacao-judicial-esta-semana/. Acesso em 25 de maio. 2019

DE FHC A JONAS

Quem pagava a mesada de
Mirian Dutra em Paris?

Segundo ela, o pecuarista e empresário Jonas Barcellos, dono da Brasif e da Dufry; conheça a teia de relações políticas e agropecuárias desse "rei do gado"

Quem é Jonas Barcellos, citado por Mirian Dutra – mãe do filho caçula de Fernando Henrique Cardoso – como o responsável por envio de mesadas à jornalista, enquanto ela morou em Paris? Dono da Brasif e da Dufry, pecuarista, ele tem um perfil quase tão instigante quanto o de Jovelino Mineiro, bem mais amigo de FHC. Entre atividades empresariais e menções em investigações, ele foi tecendo amizades com políticos e já foi até chamado de "rei do gado".

Como vimos, a família de Jovelino Mineiro é a dona do apartamento em Paris hoje frequentado por Tomás Dutra, o filho da jornalista assumido por FHC em 2009. A Jonas Barcellos cabia a incumbência de enviar uma mesada de US$ 3 mil, conforme relatos de Mirian Dutra[1] e documento apresentado pela jornalista. As remessas ocorriam por meio da empresa Eurotrade Ltd, da Brasif, das Ilhas Cayman para Paris. O ex-presidente Fernando Henrique Cardoso nega ter usado a empresa para as mesadas.

A empresa – no momento inativa – também leva o nome de Eurotrade Cayman Islands Company. Ela fica no Safe Haven Corporate Center, em George Town. O contrato foi para "serviços de acompanhamento e análise do mercado de vendas a varejo para viajantes", que Mirian diz nunca ter realizado.

---

1 FOLHA DE S. PAULO. FHC usou empresa para me mandar dinheiro no exterior, diz ex-namorada. Disponível em: https://www1.folha.uol.com.br/poder/2016/02/1740563-fhc-usou-empresa-para-me-bancar-no-exterior-afirma-ex-namorada.shtml. Acesso em 20 de maio. 2019

Jonas Barcellos Corrêa Filho é figura carimbada em leilões do gado, onde ele e os filhos costumavam aparecer ao lado de Pedro Novis, ex-presidente da Odebrecht, o delator da Lava Jato que acusa o senador José Serra (PSDB-SP) de ter recebido propina, e de Jorge Picciani[2], o deputado do MDB fluminense preso por corrupção e que dominou, por décadas, a Assembleia Legislativa do Rio.

Jonas, Jovelino Mineiro e Novis são influentes na Associação dos Criadores de Nelore do Brasil, onde Jonas e Jovelino fazem parte do Conselho Deliberativo (e onde os filhos dos três pecuaristas são sócios). A organização já foi presidida por um dos filhos de Jorge, Felipe Picciani[3], até hoje – mesmo preso – um dos membros do Conselho Consultivo da Associação Brasileira dos Criadores de Zebu (ABCZ). Felipe é acusado de corrupção e de lavar dinheiro com gado[4].

Jonas Barcellos tem bem mais empresas que Jovelino Mineiro, este mais focado na agropecuária. Com a Brasif à frente, o capital social de todas elas beira R$ 1 bilhão. Mas ele não começou tudo sozinho. Vem de uma família tradicional, com amplo trânsito - assim como Jovelino - no ambiente político.

TRAJETÓRIAS DE INCONFIDÊNCIAS

O pai de Jonas Barcellos Corrêa Filho foi um dos empresários mineiros que financiaram o golpe de 1964. Em 1962 ele ajudou a fundar - e logo passou a presidir - o Instituto de Pesquisas e Estudos Sociais (Ipes) em Minas. O Ipes era o celeiro dos conspiradores, que, como relatou

---

2 LU LACERDA. Leilão de Nelore Vaca saiu por quase meio milhão. Disponível em: https://lulacerda.ig.com.br/leilao-de-nelore-vaca-saiu-por-quase-meio-milhao/. Acesso em 21 de maio. 2019

3 MINISTÉRIO PÚBLICO FEDERAL. Cadeia Velha: Ministério Público Federal quer manter prisão de Felipe Picciani. Disponível em: http://www.mpf.mp.br/regiao2/sala-de-imprensa/noticias-r2/cadeia-velha-mpf-quer-manter-prisao-de-felipe-picciani Acesso em 22 de maio. 2019

4 ÉPOCA. Coaf liga pagamento de R$ 5,5 mi para empresa de Picciani à firma-fantasma de ex-Odebrecht. Disponível em: https://epoca.globo.com/tempo/noticia/2016/10/coaf-liga-pagamento-de-r-55-mi-para-empresa-de-picciani-firma-fantasma-de-ex-odebrecht.html . Acesso em 22 de maio. 2019

a historiadora Heloisa Starling, se reuniam no edifício Acaiaca, no centro de Belo Horizonte, intitulando-se os "novos inconfidentes".

Heloisa defendeu dissertação de mestrado na Universidade Federal de Minas Gerais (UFMG) sobre o papel dos civis na deposição de João Goulart[5]. Ela contou em entrevista ao Jornal do Brasil[6] que Barcellos Corrêa, o pai, foi intermediário do governador de Minas, Magalhães Pinto, junto ao comandante do II Exército, general Peri Bevilacqua - que viria a ser chefe sucessivo do Estado-Maior das Forças Armadas durante os governos Goulart e Castello Branco.

Já falecido, Jonas Barcellos Corrêa representava três empresas junto ao Ipes, entre elas o Banco de Crédito Real de Minas Gerais, o Credireal, comprado em 1997 pelo Bradesco. Ele também presidiu a Mineração Morro Velho, em Nova Lima (MG), na época controlada por Walther Moreira Salles, do Unibanco. Uma empresa com histórico peculiar no que se refere à violação de direitos trabalhistas.

Quase cinquenta anos depois, outro tipo de inconfidência marca a trajetória de Jonas Barcellos Corrêa Filho. Em depoimento à Polícia Federal, Pedro Novis declarou em junho de 2017 que Serra recebeu da Odebrecht R$ 52,4 milhões[7] – para ele ou para o partido – entre 2002 e 2012. Desse total, R$ 15 milhões para a campanha do político à Presidência da República, em 2002. Outro delator da Odebrecht, Luiz Eduardo Soares, apontou uma retirada de R$ 4 milhões da casa do operador tucano Paulo Preto para Serra, propina relativa a obras do Rodoanel Sul.

A remessa para a Suíça[8] teria sido feita por Jonas Barcellos.

---

5 STARLING, Heloisa Maria Murgel. Os Senhores das Gerais: Os novos inconfidentes e o golpe de 1964. São Paulo: Vozes, 1986.

6 CASTRO, José de. A revolução dos empresários. Jornal do Brasil. Rio de Janeiro, 30 mar. 1986. B, Caderno Especial, p. 8-9. Disponível em: http://memoria.bn.br/pdf/030015/per030015_1986_00352.pdf. Acesso em: 12 jun. 2019.

7 O ESTADO DE S. PAULO. Delator revela milhões em espécie para serra. Disponível em: https://politica.estadao.com.br/blogs/fausto-macedo/delator-revela-milhoes-em-especie-para-serra/. Acesso em 22 de maio. 2019.

8 O ESTADO DE S. PAULO. Delator relata retirada de 4 milhões da casa de ex diretor da dersa. Disponível em: https://politica.estadao.com.br/blogs/fausto-macedo/delator-relata-

Outros três empresários foram mencionados pelos delatores como donos de contas utilizadas para Serra receber dinheiro da Odebrecht. Um deles se chama José Amaro Pinto Ramos[9], um antigo amigo de Sérgio Mota e de Fernando Henrique Cardoso. Quem delatou Amaro também foi Pedro Novis. Um laudo da Polícia Federal divulgado em abril de 2018[10] apontou transações financeiras entre José Amaro e uma prima de Serra, Vicencia Talan.

José Amaro é uma figura recorrente em investigações sobre envio de dinheiro ao exterior. Um dos casos mais conhecidos é o da "conta Marília"[11], na Suíça, que teria abastecido diversas outras contas destinadas a financiar políticos no Brasil, em particular nos governos do PSDB em São Paulo, em prol das empresas Siemens e Alstom. Observemos este título do Intercept Brasil: "Serra e Alckmin são os maiores beneficiários da Odebrecht em 22 anos de hegemonia tucana em São Paulo"[12].

SÓCIO DIRIGIU ODEBRECHT TRANSPORTES

Jonas Barcellos tem ampla desenvoltura no exterior. O dono da Brasif é sócio da Dufry Latin American Holdings, empresa com sede nas Ilhas Cayman aberta em julho de 2017. Um dos

---

retirada-de-r-4-milhoes-da-casa-de-ex-diretor-da-dersa/. Acesso em 22 de maio. 2019

9 O ESTADO DE S. PAULO. Citado em inquérito consultor diz não ter ligação com cartel. Disponível em: https://politica.estadao.com.br/blogs/fausto-macedo/citado-em-inquerito-consultor-diz-nao-ter-ligacao-com-cartel/. Acesso em 22 de maio. 2019

10 O ESTADO DE S. PAULO. Laudo vê transação financeira entre suspeito e prima de José Serra. Disponível em: http://politica.estadao.com.br/blogs/fausto-macedo/laudo-ve-transacao-financeira-entre-suspeito-e-prima-de-jose-serra/. Acesso em 22 de maio. 2019

11 ISTOÉ. A conta secreta do propinoduto. Disponível em: https://istoe.com.br/320624_A+CONTA+SECRETA+DO+PROPINODUTO/. Acesso em 22 de maio. 2019

12 THE INTERCEPT BRASIL. Serra e Alckmin são os maiores beneficiários da Odebrecht, em 22 anos de hegemonia tucana em São Paulo. Disponível em: https://theintercept.com/2017/04/20/serra-e-alckmin-sao-os-maiores-beneficiarios-da-odebrecht-em-22-anos-de-hegemonia-tucana-em-sao-paulo/. Acesso em 22 de maio. 2019

sócios de Jonas Barcellos na Dufry do Brasil[13] e na Dufry South America, Gustavo Magalhães Fagundes, é o procurador da Dufry Latin American no Brasil. Ele foi diretor da bilionária Odebrecht Transport S/A. A sede do grupo Dufry fica na Suíça.

Em fevereiro de 2017, Barcellos comprou uma cobertura no luxuoso resort The Setai Miami Beach (na Collins Avenue, no município da Flórida, de frente para a praia) por US$ 8,5 milhões[14], das mãos do empresário Andrew Rosen, fundador da grife de roupas Theory. A compra foi feita pela empresa Capri 101 PH LLC[15], criada por Jonas alguns dias antes, em janeiro de 2017, em Miami.

A Odebrecht Transport tem como acionista principal a Odebrecht S/A (59,39%), seguida do Fundo de Investimentos do FGTS (30%), administrado pela Caixa Econômica Federal, com recursos dos trabalhadores, e do Banco de Desenvolvimento Econômico e Social (BNDES), com 10,61%. A BNDESPar financia empresa onde Emílio Odebrecht e Jovelino Mineiro são sócios, a ReceptaBio.

Como outras empresas da Odebrecht, a Odebrecht Transport também está envolvida na Lava Jato. Seu ex-presidente Paulo Cesena relatou em 2016, em delação premiada, que o ex-governador fluminense Moreira Franco, ministro durante os governos Dilma Rousseff e Michel Temer[16], recebeu em 2014 um repasse de R$ 4 milhões. Moreira Franco e Temer foram presos em

---

13 LICITAÇÃO INFRAERO. Procuração. Disponível em: http://licitacao.infraero. gov.br/arquivos_licitacao/2017/CSAT/104_LALI-7_SBSP_2017_PG-e/procuracao. pdf. Acesso em 22 de maio. 2019

14 MANSION GLOBAL. Disponível em: https://www.mansionglobal.com/articles/ theory-founder-snaps-up-miami-apartment-82440. Acesso em 22 de maio. 2019

15 WEALTHX. Theory Co-Founder Sells Setai Penthouse To Brazilian Mogul. Disponível em: https://www.wealthx.com/intelligence-centre/daily-news/2017/theory-co-founder-sells-setai-penthouse-to-brazilian-mogul/. Acesso em 13 de junho. 2019

16 O GLOBO. Em delação, presidente da Odebrecht Transport relata pagamento a Moreira Franco. Disponível em: https://blogs.oglobo.globo.com/lauro-jardim/ post/em-delacao-presidente-da-odebrecht-transport-relata-pagamento-moreira-franco.html. Acesso em 22 de maio. 2019

março de 2019, em meio a investigações sobre desvios na usina de Angra 3, e soltos no mesmo mês.

Jonas Barcellos e Moreira Franco estiveram na festa de posse da presidente Dilma Rousseff, em janeiro de 2011. O ministro estava assumindo a Secretaria de Assuntos Estratégicos. Em abril de 2016, nos estertores do governo Dilma, o MDB indicou para a diretoria de obtenção de terras do Instituto Nacional de Colonização Agrária alguém que o Estadão chamou de "advogado de ruralistas[17]". Era Luiz Antônio Possas de Carvalho, que defendera Barcellos em processos no Mato Grosso.

José Serra e Jonas Barcellos são amigos. Em 2012, candidato à prefeitura paulistana, o político foi visto no Rio saindo da loja de roupas íntimas de Paula Barcellos, a mulher do empresário, no prédio da Brasif no Leblon. A Loungerie S/A é uma sociedade entre Paula e Jonas Barcellos, Gustavo Magalhães Fagundes (novamente ele) e até o Banco de Nova York Mellon Serviços Financeiros.

O BNY Mellon foi sócio de Jonas Barcellos também na Usina da Mata, em Valparaíso (SP), pelo menos até 2014. O governo paulista de Serra asfaltou, em 2009, uma vicinal para a usina.

---

17 O ESTADO DE S. PAULO. Indicado pelo PMDB ex-advogado de ruralistas assume diretoria no INCRA. Disponível em: https://politica.estadao.com.br/noticias/geral,indicado-pelo-pmdb--ex-advogado-de-ruralistas-assume-diretoria-no-incra,10000025946. Acesso em 22 de maio. 2019

Jonas Barcellos tem império agropecuário e trânsito político

Com desenvoltura no exterior, dono da Brasif possui usina em São Paulo em parceria com Grendene; um de seus sócios é conselheiro da Marfrig

> *"Prepare o seu coração pras coisas que eu vou contar*
> *Eu venho lá do sertão, eu venho lá do sertão*
> *Eu venho lá do sertão e posso não lhe agradar"*

Foi assim, com a "Disparada" de Geraldo Vandré, que começou um dos leilões de gado da Fazenda Mata Velha, em Uberaba (MG), uma das capitais brasileiras da pecuária, conforme a narrativa de Natacha Simei Leal, em tese de doutorado que virou livro – "Zebus e zebuzeiros em uma pecuária brasileira de elite[18]" – defendida em 2014 no Departamento de Antropologia da Faculdade de Filosofia, Letras e Ciências Humanas (FFLCH-USP) da Universidade de São Paulo.

O nome por trás da fazenda é o do mineiro Jonas Barcellos Corrêa Filho, um dos pecuaristas brasileiros com trânsito mais efetivo na política – assim como o paulista Jovelino Carvalho Mineiro Filho, amigo próximo de Fernando Henrique Cardoso. O sucesso dos leilões de Jonas compete com um histórico de acusações e investigações que ultrapassa o território brasileiro.

Citado por delatores da Lava Jato – e por Mirian Dutra, mãe do filho caçula de FHC – como um dos operadores que enviam dinheiro a políticos no exterior, Jonas Barcellos não é tão próximo do ex-presidente como Jovelino Mineiro. De José Serra,

---

18 LEAL, Natacha Simei. Nome aos Bois - Zebus e Zebuzeiros Em uma Pecuária Brasileira de Elite. São Paulo: Hucitec, 2016

sim. Mas seu império agropecuário é bem maior que o do colega. Dono de usina, ele está mais conectado com grandes empresas do agronegócio. E com políticos de outros partidos.

A empresa agropecuária mais valiosa dele é a Usina da Mata, em Valparaíso (SP), com um capital social de R$ 220 milhões. A previsão de plantio para 2018 era de 12 mil hectares. Como qualquer grande empresa do agronegócio, a usina tem apoios. Somente em 2014 ela obteve R$ 40 milhões[19] da linha Prorenova, do Banco Nacional de Desenvolvimento Econômico e Social (BNDES), para a renovação de canaviais.

Em março de 2009, o governo paulista de José Serra (PSDB) aprovou convênio do Departamento de Estradas de Rodagem (DER)[20] com municípios para a pavimentação de 25 quilômetros de uma vicinal para a Usina da Mata. O mesmo decreto da Casa Civil (então comandada pelo atual senador tucano Aloysio Nunes) liberou também a pavimentação de uma via de acesso da Rodovia Euclides Figueiredo, a SP-563, à Usina Conquista do Pontal – do grupo Odebrecht. Mais a construção de duas rotatórias.

A Usina da Mata S/A – Açúcar e Álcool tem como uma das principais acionistas a AGP Negócios e Participações S/A, controlada pela família Grendene, dona da maior exportadora de calçados do Brasil. O gaúcho Alexandre Grendene (maior acionista da Grendene) é também um dos sócios da Usina da Mata, ao lado de Jonas Barcellos. A AGP, por sua vez, possui várias fazendas em Mato Grosso.

A lista de sócios da usina é completada por Renato Diniz Barcellos Corrêa, filho de Jonas, muito atuante nas associações de criadores de gado; por Santos de Araújo Fernandes, sócio da Brasif; e por Ian David Hill, que também representa a Grendene.

---

19 O GLOBO. Usina da Mata contrata 40 milhões no Prorenova/BNDS. Disponível em: https://oglobo.globo.com/economia/usina-da-mata-contrata-40-milhoes-no-prorenovabndes-12791187. Acesso em 26 de maio. 2019

20 IMPRENSA OFICIAL. Disponível em: https://www.imprensaoficial.com.br/Certificacao/GatewayCertificaPDF.aspx?notarizacaoID=ec0062bd-cf34-4f8c-95c8-5cfd0b68e285

Hill é um dos principais executivos da Marfrig Global Foods, um dos maiores frigoríficos do mundo. (O dono da Marfrig, Marcos Molina, disse em agosto de 2017 que obteve R$ 350 milhões[21] da Caixa Econômica Federal após pagar uma propina de R$ 617 mil ao operador Lúcio Funaro. A liberação dependia do ex-ministro Geddel Vieira Lima, do MDB, preso em Salvador no mesmo âmbito das Operações Sépsis e Cui Bono.)

FAZENDA MATA VELHA REÚNE POLÍTICOS

O trânsito político de Jonas Barcellos é amplo. Em 2010, tanto o tucano José Serra como a petista Dilma Rousseff bateram cartão na Fazenda Mata[22] Velha, em Uberaba (MG); Os dois eram candidatos à Presidência. Três anos depois, uma feijoada na mesma fazenda reuniu a presidente Dilma, o ex-presidente Luiz Inácio Lula da Silva e aquele que seria o candidato tucano no ano seguinte, Aécio Neves.

Em 2004, a revista Exame descreveu desta forma o leilão realizado na Mata Velha: "O Elo da Raça está para o setor como a Fashion Week está para o mundo da moda. Neste ano, o evento recebeu 3.000 convidados. O espetáculo inclui gelo seco, jogo de luzes, champanhe e uísque. Na saída dos leilões, as senhoras foram presenteadas com 800 vidros do perfume Attraction, da marca francesa Lancôme".

Em dezembro de 2015, o Tribunal de Contas da União (TCU) agraciou Jonas Barcellos com o Grande-Colar do Mérito[23],

---

21 ÉPOCA. Dono da marfrig diz que obteve empréstimo da caixa após pagar funaro. Disponível em: shorturl.at/ouGK0. Acesso em 26 de maio. 2019

22 FOLHA DE S. PAULO. Dono da Brasif, que teria bancado ex de FHC, tem bom trânsito na política. Disponível em: https://m.folha.uol.com.br/poder/2016/02/1740919-dono-da-brasif-tem-bom-transito-na-politica.shtml. Acesso em 29 de maio. 2019

23 TRIBUNAL DE CONTAS DA UNIÃO. ATA Nº 49, DE 2 DE DEZEMBRO DE 2015. Disponível em: http://www.tcu.gov.br/Consultas/Juris/Docs/CONSES/TCU_ATA_0_N_2015_49.pdf. Acesso em 29 de maio. 2019

com direito a ser chamado de "doutor". Ele foi comparado – mineiro que é – à geração de Carlos Drummond de Andrade e Otto Lara Rezende. Com menção especial aos negócios rurais e ao gado nelore da Fazenda Mata Velha. Entre os outros homenageados estavam Eduardo Campos (in memoriam) e os senadores Pedro Simon (MDB) e José Sarney (MDB). Autor de "Marimbondos de Fogo", o ex-presidente falou em nome dos homenageados.

Barcellos deixa um legado. O filho Renato Diniz Barcellos Corrêa dirigiu a Associação dos Criadores de Nelore do Brasil (ACNB), que já foi presidida por Felipe Picciani – irmão do deputado Leonardo Picciani (MDB-RJ), filho de um ex-presidente da Assembleia Legislativa do Rio, Jorge Picciani (MDB-RJ). Jorge e Felipe foram presos sob a acusação de corrupção. Felipe, de lavar dinheiro com gado.

Em 2018, o vice-presidente da associação - localizada na Rua Riachuelo, no centro de São Paulo - era Maurício Odebrecht. Um ano depois, a lista dos conselheiros registrava o nome de personagens recorrentes deste livro, como Pedro Gustavo de Britto Novis (filho do dirigente da Odebrecht e delator Pedro Augusto Ribeiro Novis) e Jovelino Carvalho Mineiro Filho. Além do próprio Jonas Barcellos Corrêa Filho.

DEPUTADO ARTICULOU G-8 DO IMPEACHMENT

Um dos amigos de Barcellos é o ex-deputado Heráclito Fortes (PSB-PI), por sua vez um dos políticos, nas últimas décadas, com mais trânsito no Planalto. Em novembro de 2011, Heráclito esteve no lançamento – assim como o ex-ministro tucano Pimenta da Veiga – no lançamento da grife de roupas íntimas Loungerie, de Jonas e Paula Barcellos. No mesmo ano, o pecuarista prestigiou o casamento da filha do político. Estavam lá José Sarney, Fernando Collor (PTB-AL) e, entre outros, José Serra.

Foi no gabinete de Heráclito Fortes, na éppoca no DEM, que trabalhou a bióloga Luciana Cardoso, filha de FHC. Administradora da Goytacazes Participações, a empresa dona do canavial da família em Botucatu, Luciana foi acusada, em 2009, de ser funcionária fantasma do Senado. Ela justificou o trabalho a distância, na época, com o seguinte argumento: "O Senado é uma bagunça".

Heráclito foi um dos que receberam doações de campanha da Brasif em 2010, R$ 100 mil, assim como Fernando Pimentel (PT), R$ 250 mil, e Paulo Skaf (MDB), com R$ 150 mil. Em 2010 foi a vez de Dilma Rousseff receber R$ 900 mil para sua campanha. Réu no mensalão tucano, Pimenta da Veiga – notem que ele fez doações para políticos de vários partidos – levou apenas R$ 20 mil. Em 2018, excluídas as doações por pessoas jurídicas, o próprio Barcellos foi o maior financiador da campanha de Heráclito. O político não conseguiu ser eleito.

Entre abril de 2015 e abril de 2016, Heráclito foi o anfitrião de uma série de jantares – pelo menos dois por mês – com parlamentares de oposição a Dilma Rousseff. Eles tramavam o impeachment da presidente. Como oito deles eram assíduos, o grupo ficou conhecido como G-8. As reuniões no Lago Sul foram reveladas por Luiz Maklouf Carvalho no Estadão[24]. Entre os que apareciam eventualmente nos jantares estiveram Armínio Fraga, presidente do Banco Central durante o governo Fernando Henrique Cardoso, e, sempre ele, o senador José Serra.

Uma das fazendas de Jonas Barcellos no nordeste de Mato Grosso, em Santa Terezinha, chama-se Peixe Bravo. Outra, em Vila Rica, a Fazenda Ipê, foi declarada de interesse social pelo Incra, em agosto de 1998[25], para fins de reforma agrária, durante o governo Fernando Henrique Cardoso. Não era

---

24 O ESTADO DE S. PAULO . Disponível em: G8 do Impeachment teve reuniões durante um ano. https://politica.estadao.com.br/noticias/geral,g-8-do-impeachment-teve-reunioes-durante-um-ano,10000026435. Acesso em 29 de maio. 2019

25 CASA CIVIL. Subchefia Para Assuntos Jurídicos. Decreto de 17 de Agosto de 1998. nº DSN 17/08/1998 00:00:00. Brasília, 17 de agosto de 1988. Declara de Interesse Social, Para Fins de Reforma Agrária, O Imóvel Rural Conhecido Por Fazenda Ipê, Situado no Município de Vila Rica, Estado de Mato Grosso, e Dá Outras Providências.. Brasília, . Disponível em: <http://www.planalto.gov.br/ccivil_03/dnn/Anterior%20a%202000/1998/Dnn7132.htm>. Acesso em: 11 jun. 2019.

pequena, com seus 13 mil hectares. Mas improdutiva. O Incra calculou tudo em R$ 5 milhões. Barcellos recorreu, pediu R$ 50 milhões[26]. Ficou com R$ 20 milhões.

---

26 MUVUCA POPULAR. Governo paga primeira parcela do salário atrasado dos servidores da Santa Casa. Disponível em: https://muvucapopular.com.br/governo/governo-paga-primeira-parcela-do-salario-atrasado-dos-servidores-da-santacasa/27733. Acesso em 11 de junho. 2019

DE JOVELINO
A ODEBRECHT

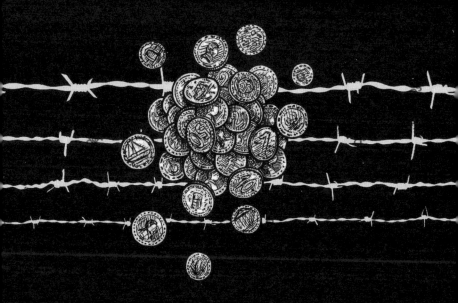

Advogado de FHC representou Odebrecht e Jovelino em assembleia

José de Oliveira Costa foi procurador dos dois sócios numa reunião da ReceptaBio em 2015; ex-diretor da Fundação FHC pediu a Ives Gandra parecer para impeachment de Dilma Rousseff

O empreiteiro Emílio Odebrecht e o pecuarista Jovelino Carvalho Mineiro Filho são sócios. Eles criaram em 2006 uma empresa de genética chamada Recepta Biopharma S.A., em parceria com o pesquisador José Fernando Perez, ex-diretor científico da Fundação para o Amparo à Pesquisa do Estado de São Paulo (Fapesp). Em uma das assembleias de acionistas, em 2015, os dois foram representados por José de Oliveira Costa – advogado de Fernando Henrique Cardoso, membro não-vitalício, fundador e, até 2018 (quando o De Olho nos Ruralistas publicou a série de reportagens que originou este livro), um dos dois diretores da Fundação FHC.

A assembleia presidida pelo diretor José Fernando Perez foi realizada na tarde do dia 28 de abril de 2015[1], na sede no Itaim-Bibi, em São Paulo, com a presença de auditor da PricewaterhouseCoopers. Entre os assuntos da assembleia geral – ao mesmo tempo ordinária e extraordinária – estavam a remuneração anual dos administradores e uma mudança no Estatuto Social. Todos os acionistas estavam presentes ou foram representados.

A ata dessa assembleia mostra que José de Oliveira Costa representou como procurador, por um lado, a Ouro Preto Participações. Ou seja, Jovelino Mineiro. Por outro, ele representou

---

1 LUZ PUBLICIDADE. Disponível em: http://luzpublicidade1.hospedagemdesites.ws/webservices/home/index?arquivo=19-01-16/AGOE28ABR.pdf. Acesso em 24 de maio. 2019.

a EAO Empreendimentos Agropecuários e Obras S.A., controlada por Emílio Odebrecht. A EAO Empreendimentos não aparece mais entre os sócios da Recepta Biopharma, a Receptabio. Mas o patriarca dos Odebrecht manteve a sociedade por meio de outras empresas.

Procurado pela reportagem, Costa não retornou o pedido de entrevista. José Fernando Perez minimizou a participação do advogado, por três motivos: 1) Costa também é advogado de Jovelino Mineiro; 2) as decisões costumam ser tomadas previamente e a assembleia apenas as referenda; 3) é muito comum que os sócios sejam representados por alguém – ele mesmo conta que já representou Emílio Odebrecht.

Em 2016, já no terceiro ano da Operação Lava-Jato, a EAO ainda era sócia da ReceptaBio. Em maio de 2017, com Emílio Odebrecht já em prisão domiciliar, a empresa da família passou a ser a Boa Vista Participações Investimentos Ltda. Meses depois, em setembro, quando Perez passou a presidência do Conselho de Administração para o filho Gabriel Luiz Oliva Perez, a Boa Vista foi mantida como a empresa dos Odebrecht – só que foi representada por José Fernando Perez. "A troca das empresas não mudou nada, não é importante", diz Perez.

O pecuarista e empresário Jovelino Carvalho Mineiro Filho atua na Recepta Biopharma por meio da empresa Ouro Preto Participações, uma das sociedades que ele tem com o filho Bento de Abreu Sodré Carvalho Mineiro. Ambos são amigos próximos de FHC. A Ouro Preto foi criada dias após a Recepta Biopharma, em março de 2006. Está registrada no mesmo endereço, em Osasco (o endereço da empresa de contabilidade Contadata[2]), onde, até 2018, estava também a Goytacazes Participações, de FHC e filhos.

Muito atuante na Fundação FHC, José de Oliveira Costa advoga tanto para Fernando Henrique Cardoso como para Jovelino Mineiro. De quebra, para familiares de Jovelino, como as irmãs Maria do Carmo de Abreu Sodré Mineiro e Anna Maria Mellão de

---

2 CONTADATA. Disponível em: https://contadata.com.br/. Acesso em 24 de maio. 2019

Abreu Sodré Civita. De Olho nos Ruralistas não encontrou nenhum processo em que ele tenha advogado para a família Odebrecht.

Segundo o superintendente da Fundação FHC, Sérgio Fausto, Costa não faz mais parte da direção do think tank. Em maio de 2018 ele ainda aparecia no site – e em documentos recentes sobre a pessoa jurídica, uma fundação privada – como um dos dois diretores, ao lado da filha caçula de Fernando Henrique, Beatriz Cardoso. Foi substituído por outro advogado, Fernando Kasinski Lottenberg. Mas ainda é um dos dez membros não-vitalícios da organização.

ADVOGADO PEDIU PARECER PARA IMPEACHMENT

Foi José de Oliveira Costa quem solicitou ao jurista Ives Gandra da Silva Martins, em 2015, um parecer para o impeachment de Dilma Rousseff. O caso foi revelado pela Folha[3]. Ives Gandra teve um papel central no processo que culminou na derrubada da presidente, em 2016 – embora sua colega Janaína Paschoal, também professora da Faculdade de Direito da Universidade de São Paulo (USP), eleita deputada estadual pelo PSL em 2018 com votação recorde, tenha sido mais midiática.

À Folha, Ives Gandra negou qualquer pretensão política: "Meu parecer é absolutamente técnico. Para mim, é indiferente se o cliente é o Fernando Henrique Cardoso ou uma empreiteira". Ele cobra pelos trabalhos. (A estimativa varia entre R$ 100 mil e R$ 150 mil por parecer.) Costa negou ao jornal que houvesse uma empreiteira por trás do pedido – ele usaria o parecer caso algum cliente tivesse necessidade. FHC disse que desconhecia a solicitação.

Em entrevista ao Centro de Pesquisa e Documentação de História Contemporânea do Brasil, da Fundação Getúlio

---

3 FOLHA DE S. PAULO. Advogado de FHC solicitou parecer sobre impeachment de Dilma. Disponível em: http://www1.folha.uol.com.br/poder/2015/02/1584851-advogado-de-fhc-solicitou-parecer-sobre-impeachment.shtml. Acesso em 24 de maio. 2019

Vargas[4] (FGV), em 2007, Fernando Henrique Cardoso – indagado sobre os sete sócios fundadores do iFHC – apresentou José de Oliveira Costa da seguinte forma: "Esse é advogado. Ele ajudou a instituir isso aqui do ponto de vista legal. Você sempre tem que ter advogado para essas coisas, estatuto..." A entrevistadora concorda. FHC completa: "E ele é muito ativo aqui, nas coisas".

Era o email de José de Oliveira Costa – o que ele utiliza em seu escritório de advocacia, o Costa, Mello Advogados – que, até 2018, aparecia nos registros da Goytacazes Participações, a empresa dos Cardoso que possui um canavial em Botucatu. (Ele também teve um email em nome do Instituto FHC, como mostra a revista Época[5], utilizado numa troca de mensagens sobre um saldo bancário com o banco Opportunity.)

Tanto Costa como seus sócios no escritório já defenderam Jovelino Mineiro em alguns processos. Um deles, uma desapropriação por utilidade pública – pela empresa Gás Natural São Paulo Sul S/A – de imóvel da Agrícola Ribeirão do Atalho, em Botucatu, sociedade entre Jovelino e Bento Mineiro. A Ribeirão do Atalho (que surgiu após fim de parceria de Jovelino com o Grupo Espírito Santo) tem sede naquele mesmo endereço em Osasco, sede contábil de diversas empresas do pecuarista.

Costa também defende, em causas bem diversas, a Fazenda Sant'Anna Ltda. A empresa – que também é sócia da Ribeiro do Atalho – tem como sócios o trio da família Mineiro, com Maria do Carmo ao lado do filho Bento e do marido Jovelino. O advogado defende ainda a própria Maria do Carmo e sua irmã, Anna Maria Mellão de Abreu Sodré Civita – casada com um dos donos da Abril.

---

4 FUNDAÇÃO GETÚLIO VARGAS. Fernando Henrique Cardoso II, depoimento, 2007. Disponível em: http://www.fgv.br/cpdoc/historal/arq/Entrevista1519.pdf. Acesso em 24 de maio. 2019

5 ÉPOCA. Leia os principais trechos dos grampos da operação que levou à prisão Daniel Dantas. Disponível em: http://revistaepoca.globo.com/Revista/Epoca/0,,EMI7880-15254-2,00-LEIA+OS+PRINCIPAIS+TRECHOS+DOS+GRAMPOS+DA+OPERACAO+QUE+LEVOU+A+PRISAO+DE+DA.html. Acesso em 24 de maio. 2019.

Um dos processos diz respeito ao inventário da mãe de Carmo, Maria do Carmo Pinho Mellão de Abreu Sodré. Ela morreu em 2012, doze anos após o marido, o ex-governador Roberto de Abreu Sodré. O espólio de Maria do Carmo Mellão inclui o famoso apartamento de Paris, hoje ocupado – segundo a jornalista Mirian Dutra – por Tomás Dutra Schmidt, o filho caçula de Fernando Henrique Cardoso.

COSTA FAZ PARTE DO CONSELHO DO MASP

Formado pela USP em 1972, José de Oliveira Costa foi diretor da Associação dos Advogados de São Paulo entre 1998 e 2007. Ele faz parte do Conselho Fiscal do Instituto de Defesa do Direito de Defesa[6]. Em setembro de 2014 ele foi eleito para o Conselho Deliberativo do Museu de Arte de São Paulo (Masp). Entre os sócios do museu estão o governador de São Paulo, João Doria (PSDB), e dois sócios da ReceptaBio: Jovelino Mineiro e Emílio Odebrecht.

Costa faz parte do conselho da Associação Pró-Dança, onde esteve também, até 2018, o piloto da ReceptaBio, José Fernando Perez. O cientista presidia, em 2014, o Conselho de Administração da Pró-Dança. Tinha como vice-presidente Maria do Carmo Abreu Sodré Mineiro, mulher de Jovelino. Os três estão entre os 23 sócios da Organização Social (OS) que administra a Companhia de Dança, em São Paulo. "Sem remuneração nenhuma", observa Perez.

O advogado não é muito de aparecer em público. Uma das exceções foi em 2009, em um lançamento de exposição da Artesanato Solidário (Artesol)[7], de Ruth Cardoso – falecida no ano anterior. Na galeria em Pinheiros esteve também Maria do Carmo Mineiro, que faz parte do Conselho Fiscal[8] da organização fundada

---

6 INSTITUTO DE DEFESA DO DIREITO DE DEFESA. Disponível em: http://www.iddd.org.br/?post_type=equipe. Acesso em 24 de maio. 2019

7 GLAMURAMA UOL. Disponível em: https://glamurama.uol.com.br/galeria/artesanato-solidario-30088/#14. Acesso em 24 de maio. 2019

8 ARTESOL. Disponível em: http://artesol.org.br/conteudos/visualizar/Conselheiros-e-Associados. Acesso em 24 de maio. 2019

pela antropóloga, assim como Maria Cecília Oliva Perez, mulher de José Fernando Perez.

Outra rara aparição de José de Oliveira Costa em público foi em setembro de 2016[9], em seminário da Fundação FHC sobre o futuro da arbitragem. O evento foi patrocinado por empresas como Bunge, Cosan, Itaú, Natura, Telefônica e Votorantim. Uma das empresas do grupo Votorantim, a Votorantim Asset Management[10], é acionista da Braskem, empresa controlada pela Odebrecht.

---

9 FUNDAÇÃO FHC. Disponível em: https://fundacaofhc.org.br/files/RA2016.pdf

10 VAM. Disponível em: https://www.vam.com.br/web/assembleia.do?acao=recuperarArquivoAta&ataID=1734. Acesso em 24 de maio. 2019

Empresa de Odebrecht e Jovelino tem BNDESpar como sócia

Em conversa com o empreiteiro, nos anos 90, Fernando Henrique exaltou o papel do BNDES para o capitalismo brasileiro; outro sócio da ReceptaBio também foi da Odebrecht

Sociedade de pesquisa contra o câncer formada por Emílio Odebrecht, Jovelino Mineiro, José Fernando Perez e Ludwig Institute, a Recepta Biopharma S.A, a ReceptaBio[11], tem também a BNDES Participações como acionista. A holding do Banco de Desenvolvimento Econômico e Social (BNDES) possui 12% das ações da empresa, idealizada por Perez e apoiada desde o início por Jovelino Mineiro.

Em 2015 e em maio de 2017 o representante do BNDES na assembleia de acionistas foi o engenheiro químico Pedro Lins Palmeira Filho. Em 2016, o advogado Pedro Marinho Abreu. Em agosto de 2017 a empresa foi representada em assembleia por um procurador, Rodrigo Cesar Villas Boas Cardoso.

Palmeira Filho também faz parte do Conselho de Administração da Biomm Technology, fábrica de insulina controlada pelo empresário Walfrido dos Mares Guia, ministro do Turismo durante o primeiro governo de Luiz Inácio Lula da Silva. (Ex-vice-governador do tucano Eduardo Azeredo, Mares Guia se livrou do mensalão tucano, em 2014, após o caso prescrever[12].)

---

11 RECEPTA BIO. Disponível em: http://www.receptabio.com.br/receptabio/produco-de-anticorpos-humanos-e-peptideos-para-tratamento-oncologico . Acesso em 24 de maio. 2019

12 FOLHA DE S. PAULO. Ex-ministro de livra de mensalão tucano após prescrição dos crimes. Disponível em: https://www1.folha.uol.com.br/

Em maio de 1996, conforme relata no primeiro volume de seus "Diários da Presidência", Fernando Henrique Cardoso recebeu Odebrecht e Mineiro no Palácio da Alvorada. Na época ele considerava o BNDES o "grande instrumento para a organização do capitalismo brasileiro". A rigor, pode-se dizer que FHC e Jovelino, no plural, receberam Odebrecht. Confira:

– Também à noite, recebi aqui, com o Nê, o Emílio Odebrecht. Curioso, a firma Odebrecht ficou tão marcada pela CPI dos Anões do Orçamento, com o negócio da corrupção, e no entanto o Emílio é um dos homens mais competentes do Brasil em termos empresariais . Ele veio discutir comigo uma espécie de radiografia dos grupos empresariais brasileiros. Eu queria conversar sobre isso com ele, acho que temos que organizar o capitalismo brasileiro, e o BNDES é o grande instrumento para essa organização.

Muito antes da Operação Lava Jato, entre 1993 e 1994, a CPI do Orçamento[13] tinha revelado, com detalhes, um esquema de desvio do orçamento da União. Entre os deputados mencionados como autores de emendas que beneficiavam a Odebrecht estava um jovem baiano chamado Geddel Vieira Lima (MDB) – desde 2017 no presídio da Papuda, em Brasília.

JOVELINO E ODEBRECHT SÃO 'INVESTIDORES-ANJO'

A Biopharma foi criada em 2006. Mas a BNDES Participações só entrou no projeto em 2012, com um aporte conjunto de R$ 35 milhões[14], dividido entre ela e os dois grandes "investidores-anjo" do projeto: o empreiteiro Emílio Odebrecht – em 2019, ainda em prisão domiciliar - e o pecuarista Jovelino Mineiro. O site da

---

poder/2014/01/1400651-crimes-contra-ex-ministro-envolvido-em-mensalao-tucano-prescrevem.shtml. acesso em 24 de maio. 2019 .

13 SENADO. Disponível em: http://www2.senado.leg.br/bdsf/item/id/84896. Acesso em 24 de maio. 2019

14 FUSÕES E AQUISIÇÕES. Disponível em: https://fusoesaquisicoes.blogspot.com/2012/07/bndes-e-socios-privados-fazem-aporte-de.html. Acesso em 24 de maio. 2019

ReceptaBio informa que o aporte da BNDESPar naquele ano foi de R$ 28,9 milhões. A empresa ficou com 16% das ações.

"Há alguns anos o empresário José Fernando Perez cochichou ao ouvido de Pedro Palmeira, chefe do departamento da área farmacêutica do BNDES", relatou na época o Valor Econômico[15], "que estava criando uma empresa de biotecnologia, a Recepta Biopharma". Os dois participavam de um seminário em Ribeirão Preto (SP).

Palmeira chefiava, mais precisamente, o Departamento de Produtos Intermediários, Químicos e Farmacêuticos (Defarma). "Através dessa indústria de biotecnologia no Brasil, estaremos dando um passo significativo para a redução da vulnerabilidade do SUS, que é a dependência total das importações no abastecimento de produtos biotecnológicos", declarou ao jornal. Os investidores apostavam na criação de um grande sucesso mundial de vendas no combate ao câncer de ovário.

Ao interesse público, soma-se o privado. Emílio Odebrecht contou que, além de confiar nos parceiros, viu ali um negócio. Ele é criador de gado nelore. Jovelino Mineiro não somente cria de gado de alto nível, mas lidera há anos associações de criadores, ao lado de outros personagens desta série de reportagens, como Pedro Novis, ex-presidente da Odebrecht e delator da Lava Jato.

Segundo a revista Dinheiro Rural[16], Mineiro convidou Perez no início dos anos 2000 para fazer, nos Estados Unidos, o mapeamento genético do zebu. "Desse encontro nasceu a Recepta Biopharma", diz a revista. A partir daí é que foi acionado o dono da Odebrecht. "No meu caso foi o boi quem levou à pesquisa do câncer", afirmou o pecuarista.

---

15 VALOR ECONÔMICO. BNDES e sócios privados fazem aporte de R$ 35 milhões na Recepta Biopharma. Disponível em: https://www.valor.com.br/empresas/2763636/bndes-e-socios-privados-fazem-aporte-de-r-35-milhoes-na-recepta-biopharma. Acesso em 24 de maio. 2019

16 DINHEIRO RURAL. Em busca do boi perfeito. Disponível em: https://www.dinheirorural.com.br/secao/capa/em-busca-do-boi-perfeito. Acesso em 24 de maio. 2019

SÓCIO PRESIDIU CONSÓRCIO NA DISPUTA DAS TELES

São sócios da Recepta desde o início José Fernando Perez, o Instituto Ludwig de Pesquisas sobre o Câncer, de Nova York (representado pelo advogado Stephen Charles O'Sullivan, cônsul honorário da Irlanda, dono da Mineradora Killmalock do Brasil e de vários outros empreendimentos milionários), e o vice-presidente José Barbosa Mello, ex-CEO da Pegasus Telecom.

Barbosa Mello foi diretor-superintendente, nos anos 90, do consórcio Stelar Telecom, na corrida das teles durante a privatização promovida pelo governo Fernando Henrique Cardoso. Controlado pela Odebrecht, esse consórcio era formado também por uma operadora dos Estados Unidos, a Airtouch, pela construtora Camargo Corrêa, pelo Unibanco e pelo grupo Folha da Manhã – que edita o jornal Folha de S. Paulo. Mas o consórcio não abocanhou nenhuma região.

O livro "Sérgio Motta – um Trator em Ação"[17], uma biografia do ministro das Telecomunicações do primeiro governo FHC, conta que, "num dia banal", em abril de 1996, o ministro recebeu Emílio Odebrecht, o vice-presidente da Odebrecht, Luiz Almeida, que presidia o consórcio Stelar Telecom, e José Barbosa Mello. A Stelar foi um desenvolvimento da Odebrecht Automação e Telecomunicações, a OTL. O consórcio concorria à banda B da telefonia celular.

A ReceptaBio informa em seu site que recebe verbas da Financiadora de Estudos e Projetos (Finep), em programas dos Ministérios da Saúde e da Ciência e Tecnologia, do Conselho Nacional de Desenvolvimento Científico e Tecnológico (CNPq) e da Fundação de Amparo à Pesquisa de São Paulo (Fapesp), que teve Perez como seu diretor científico.

E que, em 2016, a Finep se tornou acionista da empresa, por meio da Inova Empresa Fundo de Investimento em Participações, com um aporte de R$ 30 milhões. O representante da Finep no

---

17 PRATA, José; TOMIOKA, Teiji. Sérgio Motta: O trator em ação. São Paulo: Geração Editorial, 1999.

Conselho de Administração é o médico Victor Hugo Gomes Odorcyk. O investimento da Finep – vinculada ao Ministério da Ciência e Tecnologia – visa viabilizar a criação de uma filial da Recepta na Europa.

Um dos membros do Conselho de Administração da ReceptaBio, Ivan Silva Duarte, faz parte do Conselho Fiscal da Braskem, controlada pela Odebrecht, e da direção da EAO Empreendimentos Agropecuários. A EAO já foi representada pelo advogado de Fernando Henrique Cardoso em uma das reuniões da Recepta e é um dos principais braços agrários da empreiteira.

Diretor da ReceptaBio declara-se grato a Emílio Odebrecht

Fundador da empresa exalta a ajuda dada pelo empreiteiro e por Jovelino Mineiro, financiadores do projeto; diz que não tem relação com Fundação FHC e com o agronegócio

Fundador da Recepta Biopharma, a ReceptaBio, José Fernando Perez atendeu a reportagem, em maio de 2018, com estranhamento. Não vê relação entre a empresa e o agronegócio, ou entre a empresa e o ex-presidente Fernando Henrique Cardoso – a quem diz admirar. Ele se mostrou incomodado com as perguntas sobre os sócios Jovelino Carvalho Mineiro Filho, pecuarista amigo de FHC, e o empreiteiro Emílio Alves Odebrecht.

Perez fez questão de elogiá-los várias vezes, como financiadores – a fundo perdido – do projeto de pesquisa contra o câncer de ovário. Por muitos anos diretor científico da Fundação para o Amparo à Pesquisa do Estado de São Paulo (Fapesp), o físico conta que deixou a instituição para se dedicar à ReceptaBio. E por isso é grato aos dois empresários, que possuem, cada um, cerca de 18% ações da empresa.

O maior acionista é o Instituto Ludwig de Pesquisa contra o Câncer, com sede em Nova York, com cerca de 30% das ações. Mas Jovelino Mineiro e Emílio Odebrecht, reitera, são decisivos na manutenção da equipe, com cerca de 36% dos investimentos. "O Fernando Henrique tem pouco nexo com a Recepta", diz o cientista. "Embora ele tenha uma relação histórica com o Jovelino".

José Fernando Perez diz ser amigo de Jovelino Mineiro – e não de Fernando Henrique Cardoso. "Ele foi a primeira pessoa que procurei quando apareceu a oportunidade", relata. De Emílio Odebrecht, não é próximo, embora enfatize as ótimas relações de trabalho. "Tenho profunda admiração por ele", diz. "Só posso ter respeito pelo trabalho que fizeram aqui. Não tenho nenhuma preocupação [no que se refere à Recepta] quanto à situação atual dele".

"NENHUMA RELAÇÃO COM A FUNDAÇÃO FHC"

Em relação a Fernando Henrique Cardoso, Perez procura adotar uma posição de admiração, mas não de proximidade. A ponto de elogiar várias vezes os governos de Luiz Inácio Lula da Silva e Dilma Rousseff, por causa da Lei de Inovação Tecnológica – aprovada em dezembro de 2004, no primeiro governo do presidente Lula.

O observatório perguntou a Perez o motivo de José de Oliveira Costa, advogado de Fernando Henrique, participar de uma assembleia de acionistas da empresa, como procurador, e assinar em nome de Emílio Odebrecht. "É advogado do Jovelino Mineiro também", justifica. Ele diz que também já representou o empreiteiro em algumas reuniões:

– O Costa pode ter representado, sim, qualquer sócio pode nomear um representante seu. Acho que ocorreu uma vez, por alguma razão. É um fato tão sem relevância. É possível. Essas reuniões são sempre coisas tão combinadas, que é mais para assinar o que já foi acordado. Não tem nenhum significado, provavelmente o Emílio estava fora do país.

Ele acha que isso ocorreu somente em uma reunião – conforme pesquisa feita pela reportagem, ocorreu em 2015. "Eu tenho procuração do Jovelino", exemplifica. "Se você olhar as atas todas que estão na Junta Comercial, você vai ver que sempre fui representante do Jovelino e do Emílio nas assembleias".

Perez diz que não consegue fazer uma ponte entre o nome de FHC e o trabalho da Recepta, a não ser pela proximidade do ex-presidente com Jovelino. "Eu era diretor científico da Fapesp e Jovelino financiou o projeto Genoma do Boi", relata. "Não o conhecia antes disso. Foi uma coisa bacana, ele investiu mais que a própria Fapesp".

Ele prossegue, muitas vezes falando, no plural, dos dois investidores:

– Claro que não fico contente de ver sócio meu [Emílio Odebrecht] com esse tipo de exposição, de envolvimento [na Lava Jato], mas a atividade dele não tem nada a ver com a Recepta. Pelo que fizeram tenho profunda admiração, porque investiram dinheiro e não receberam nenhum puto até agora. Tem uma incerteza muito grande. Colocaram porque acreditaram que tinha um projeto muito importante, de inovação. Ter um investidor com essa disponibilidade é muito raro, por isso admiro os dois.

O pesquisador conta que foi cogitado para assumir o Ministério da Ciência e Tecnologia durante o governo FHC. Mas não podia. "Relação com Fundação FHC, zero. Não tenho nenhuma relação física ou jurídica. Posso ter participado de eventos, no máximo". Ele se diz admirador do presidente, porém raramente tem tempo de ir às reuniões. "Não tem nenhuma relação com a Recepta", insiste. E novamente:

– A Recepta não tem nada a ver com agronegócio. Zero. Meu conhecimento com Jovelino é do tempo de diretor científico da Fapesp. Precisava de investidores, foram investidores iniciais, continuam até hoje como sócios. É uma empresa de biotecnologia. Estou incomodado com as correlações. Não tenho nada a ver com agronegócio. Nada a ver com a fundação. Sou admirador do Fernando Henrique e pronto.

Sobre Jovelino Mineiro ter sondado o então ministro Clóvis Carvalho, com intermediação de FHC, para ser um dos sócios da empresa, ele diz não ter conhecimento. A descrição dessa conversa – sem menção a Perez – está nos "Diários da Presidência". "A Recepta não tem nada a ver com genética bovina", descreve. "Trabalha com biotecnologia na área de saúde humana".

CIENTISTA ELOGIA FHC, LULA E DILMA

Segundo José Fernando Perez, a BNDESpar, holding do Banco de Desenvolvimento Econômico e Social, possui cerca de 12% das ações da Recepta Biopharma. A Financiadora de Estudos e Projetos (Finep), cerca de 10%. BNDESPar (2012) e Finep (2013) entraram depois no projeto, e nessa ordem. "Mas fomos muito apoiados pela Finep desde o começo", observa. "É uma coisa bastante clara".

Segundo ele, a Recepta foi a primeira empresa brasileira que licenciou patente para droga contra o câncer, com apoio da Finep. "Só posso ser grato à política de inovação implantada nesse período. A Recepta se beneficiou muito da política de inovação dos últimos governos, que mudaram a cultura de inovação".

Ele considera que a Lei de Inovação, inicialmente concebida durante o governo FHC, foi aperfeiçoada "sem dúvida nenhuma" durante o governo Lula, "de uma forma muito mais ousada", permitindo o apoio – antes proibido – a projetos inovadores. "Houve uma mudança cultural, bem significativa. A Recepta se beneficiou bem dessa visão do governo Lula que teve continuidade no governo da Dilma".

DE ODEBRECHT A FHC

Denúncia contra Fernando Henrique foi arquivada em um mês

Vídeo com Emílio Odebrecht citando doações legais e ilegais para o presidente foi divulgado pelo Jornal Nacional em abril de 2017; Sérgio Moro apontou FHC como "apoio importante"

Em abril de 2017, Emílio Alves Odebrecht apareceu no Jornal Nacional[1], da Globo, durante um depoimento na Operação Lava Jato. O tema era o ex-presidente Fernando Henrique Cardoso:

– Ajuda de campanha eu sempre dei a todos eles. E a ele também dei. E com certeza teve a ajuda de caixa oficial e não oficial. Se ele soube ou não, eu não sei. Tanto que eu também não sabia. Que eu dava e dizia que era para atender mesmo. Então vai fulano de tal lhe procurar, como eu dizia também para Marcelo, e eles então operacionalizavam. Ele me pediu. Todos eles. 'Emílio, você pode me ajudar no programa da campanha?'. Isso ele pediu.

FHC apareceu em seguida, dizendo que o Brasil precisa de transparência. Que a Lava Jato está colaborando ao colocar as cartas na mesa. "Não tenho nada a esconder, nada a temer e vou ver com calma do que se trata", afirmou o ex-presidente. "Por enquanto, não há nada específico, é tudo muito vago".

Em junho de 2018, o Ministério Público do Estado de São Paulo instaurou 29 inquéritos civis para investigar delações da Odebrecht, a maioria relativa a propina paga durante campanhas eleitorais. A lista incluía o nome de Fernando Henrique.

---

1 G1. FHC é mais um ex-presidente citado nas delações da Odebrecht. Disponível em:http://g1.globo.com/jornal-nacional/noticia/2017/04/fhc-e-mais-um-ex-presidente-citado-nas-delacoes-da-odebrecht.html. Acesso em 25 de maio. 2019

Cerca de 20 dias depois, no dia 5 de julho, o inquérito foi arquivado. Motivo: prescrição. O Ministério Público Federal pediu o arquivamento e o juiz federal substituto Márcio Assad Guardia, da 8.ª Vara Criminal Federal de São Paulo, reconheceu a demanda, já que o fato relatado era muito antigo – relativo às campanhas de 1994 e 1998.

A linha adotada foi a seguinte: o Código Penal prevê prescrição em 20 anos. Mas Fernando Henrique, então com 86 anos (ele nasceu no dia 18/06/1931), teve direito à redução desse prazo pela metade, por ter mais de 70 anos. Em consequência, o juiz decidiu – em duas páginas de sentença – que não há punição possível.

Em Curitiba, o juiz Sérgio Moro e o procurador Deltan Dallagnol discutiram pelo Telegram a delação feita por Emílio Odebrecht, conforme conversa divulgada pelo site The Intercept em junho de 2019. Uma pergunta de Moro foi parar no título da reportagem: "Tem alguma coisa mesmo séria do FHC?"[2]

Corria o dia 13 de abril de 2017. Moro pergunta a Dallagnol se o crime não estaria mais do que prescrito. O procurador responde que o processo foi enviado para São Paulo sem se analisar prescrição. "Suponho que de propósito", diz Dallagnol. Talvez para passar recado de imparcialidade". Moro responde: "Ah, não sei. Acho questionável pois melindra alguém cujo apoio é importante".

DOIS MESES ANTES, FHC NEGOU CAIXA 2

Em depoimento ao próprio Moro, em fevereiro de 2017, Fernando Henrique Cardoso negou qualquer possibilidade de que a Fundação FHC tivesse recebido algum dinheiro por fora. A pergunta do juiz foi a seguinte, durante videoconferência: "Para manutenção do

---

2 THE INTERCEPT BRASIL. "Tem alguma coisa mesmo séria do FHC?" Disponível em: https://theintercept.com/2019/06/18/lava-jato-fingiu-investigar-fhc-apenas-para-criar-percepcao-publica-de-imparcialidade-mas-moro-repreendeu-melindra-alguem-cujo-apoio-e-importante/ Acesso em 22 de junho. 2019.

Instituto (Fundação FHC) são recebidas doações não registradas, por fora, contribuições escondidas?"

FHC respondeu:

– Não, não, não. Absolutamente impossível, absolutamente impossível. Eu, pessoalmente, não saberia dizer ao senhor quem deu quanto e quando. Está tudo registrado, tem publicação, Conselho Fiscal vai lá. Eles sabem mais, tem o conselho a quem prestamos contas. Nada, nada por fora, zero, não existe tal hipótese.

Diante da repercussão das reportagens do Intercept sobre as conversas com procuradores da Lava Jato, Sérgio Moro falou durante oito horas e meia em audiência pública no Senado. Coube aos senadores Weverton (PDT-MA) e Humberto Costa (PT-PE) colocarem em pauta o diálogo sobre FHC. Moro disse que nunca interferiu no processo[3]:

- O caso nunca passou pelas minhas mãos, como é que eu ia interferir em alguma coisa? Como é que eu fiz alguma coisa? Qual a prova de que eu fiz alguma coisa em relação àquele tipo de mensagem? Agora, o site divulga com todo aquele sensacionalismo, como se tivesse alguma obstrução ou interferência indevida a minha parte.

O texto da Agência Senado conta que, para a senadora Juíza Selma (PSL-MT), "não havia a mínima necessidade de se mandar processo nenhum para São Paulo, de se expor indevidamente uma pessoa, cujo crime atribuído seria caixa dois", prescrito. Um tucano de bicos longos, o cearense Tasso Jereissati (PSDB-CE), defendeu FHC: "Não é acusado e não é acusador".

CONTRA PERUANO, FHC FOI ENFÁTICO

Dois meses antes, em abril de 2019, Fernando Henrique falou sobre o suicídio do ex-presidente peruano Alan García. O político da Aliança Popular Revolucionária Americana (Apra) era acusado

---

3 AGÊNCIA SENADO. Moro chamou de 'sensacionalismo' e 'trivial' comentários sobre Fux e FHC. https://www12.senado.leg.br/noticias/materias/2019/06/19/moro-chamou-de-sensacionalismo-e-trivial-comentarios-sobre-fux-e-fhc Acesso em 22 de junho. 2019.

de ter recebido propina da Odebrecht nos dois períodos em que esteve à frente do governo (1995-1990 e 2006-2011). Atirou contra a própria cabeça antes de ser preso.

O colega brasileiro não foi diplomático e chamou García de populista. "Ou restabelecemos a simplicidade no viver e o respeito à lei ao governar, ou há risco de ditadores enganarem o povo com discursos morais enganosos", escreveu FHC no Twitter[4].

O peruano deixou uma carta justificando seu sacrifício[5]:

- Não havia contas, nem subornos, nem riqueza. A história tem mais valor do que qualquer riqueza material. Nunca existirá preço suficiente para quebrar meu orgulho como membro aprista e peruano. Por isso que eu repeti: outros vendem, eu não. Cumprido meu dever na política e nas obras feitas em favor do povo, alcançadas as metas que outros países ou governos não conseguiram, não tenho porque aceitar vexames. Vi outros desfilarem algemados, resguardando sua miserável existência, mas Alan García não tem porque sofrer essas injustiças e circos. Por isso, deixo a meus filhos a dignidade de minhas decisões; a meus companheiros um sinal de orgulho. E meu cadáver como uma demonstração de desprezo pelos meus adversários, porque já cumpri a missão que me impus.

---

4 FOLHA DE S. PAULO. FHC lamenta morte de ex-presidente do Peru investigado na Lava Jato. Disponível em: https://www1.folha.uol.com.br/mundo/2019/04/fhc-lamenta-morte-de-ex-presidente-do-peru-investigado-na-lava-jato.shtml. Acesso em 12 de junho. 2019

5 EL PAÍS. Alan García defendeu sua inocência por carta antes de se suicidar: "Não houve contas nem subornos". Disponível em: https://brasil.elpais.com/brasil/2019/04/19/internacional/1555703619_811206.html. Acesso em 12 de junho. 2019

Fazendas da Odebrecht se estendem por seis estados

Foi em uma delas que os irmãos se reuniram para reduzir capital social de empresa e distribuir aos sócios, em suposta tentativa de driblar bloqueio de bens de Marcelo Odebrecht

Quantos mil hectares possui a família Odebrecht? Aqui seguem algumas pistas sobre o império agropecuário de Emílio Alves Odebrecht, Marcelo Bahia Odebrecht e Maurício Bahia Odebrecht. Os dois primeiros são o pivô de um dos mais conhecidos escândalos de corrupção na história do Brasil, sob investigação na Lava Jato. Mas a face territorial – e agropecuária – desse império costuma passar despercebida. Embora a empresa seja a quinta maior vendedora de touros do Brasil e tenha centenas de milhares de hectares.

As propriedades da família dividem-se entre aquelas da antiga Odebrecht Agroindustrial, renomeada para Atvos, e aquelas de outras empresas do grupo – em geral com a sigla EAO a tiracolo. Somente a EAO Empreendimentos Agropecuários e Obras possui um capital social de R$ 243 milhões. Ela é presidida por Emílio Odebrecht, mas quem cuida mais do setor é o filho Maurício, pouco mencionado nos escândalos de corrupção. Em dezembro, ele foi escolhido pela família como o sucessor no comando da Kieppe Participações, empresa que controla todo o grupo[6].

No dia 18 de junho de 2019, o juiz João de Oliveira Rodrigues Filho, da 1ª Vara de Falências da Justiça de São Paulo,

---

6 VALOR ECONÔMICO. Famílias escolhem Maurício Odebrecht como futuro sucessor na Kieppe. Disponível em: https://www.valor.com.br/empresas/6027193/familias-escolhem-mauricio-odebrecht-como-futuro-sucessor-na-kieppe. Acesso em 12 de junho. 2019

aprovou pedido de recuperação judicial da Odebrecht. "Com uma dívida de R$ 98,5 bilhões, é o maior processo da história do Brasil", informou a Folha. O maior credor é o Banco de Desenvolvimento Econômico e Social (BNDES), com R$ 10 bilhões. A empresa tenta proteger 21 empresas do grupo, entre elas a Kieppe. E barrar tentativa dos credores de arrestar ações da Braskem, Ocyan e Atvos até ela apresentar o plano de recuperação[7].

Enquanto se endividava, a Odebrecht se territorializava. Não necessariamente comprando fazendas: no mercado da cana-de-açúcar (como mostra o próprio canavial de FHC) é muito comum as terras serem arrendadas. É o caso, como vimos, de uma fazenda pertencente a Jovelino Mineiro no Pontal do Paranapanema, arrendada à Odebrecht. De qualquer forma o controle territorial pelos usineiros é superlativo: o grupo Odebrecht chegou a explorar 450 mil hectares, em um dos últimos anos, para plantar cana em São Paulo, Mato Grosso, Mato Grosso do Sul e Goiás. Para se ter uma ideia, a Palestina tem 600 mil hectares.

REUNIÃO EM FAZENDA FICOU SOB SUSPEITA

Foi em uma das fazendas da EAO na Bahia, a Baviera, que a família se reuniu, em 2017, para reduzir o capital social de uma das empresas: de R$ 299,7 milhões[8] para R$ 2,7 milhões. É lá que fica a sede da EAO Empreendimentos e da EAO Patrimonial Ltda, uma sociedade entre Marcelo, Maurício, Mônica e Márcia Bahia Odebrecht, com usufruto das ações para o casal Emílio e Regina Odebrecht.

A ata da reunião de sócios realizada em junho daquele ano mostra que Marcelo – na época preso na Superintendência da Polícia Federal, em Curitiba – foi representado pelo irmão Maurício. A decisão da reunião foi única: reduzir o capital. O motivo, um

---

7 FOLHA DE S. PAULO. Justiça aceita pedido de recuperação judicial da Odebrecht. https://www1.folha.uol.com.br/mercado/2019/06/justica-aceita-pedido-de-recuperacao-judicial-da-odebrecht.shtml?loggedpaywall. Acesso em 22 de junho. 2019

8 ESCAVADOR. Diário oficial da Bahia. Disponível em: https://www.escavador.com/diarios/487898/DOEBA/diversos/2017-06-23. Acesso em 24 de maio. 2019

acordo de acionistas da Kieppe Patrimonial S.A. realizado em maio de 2016. O capital social foi considerado pelos contadores "excessivo em relação ao objeto social".

A consequência foi a restituição, por meio de ações da EAO Empreendimentos, de R$ 74,3 milhões para cada um dos quatro irmãos (entre eles Marcelo Odebrecht), cada um dono de 21% do capital da empresa. Em janeiro de 2018, a Folha informou que o Tribunal de Contas da União (TCU)[9] considerou a alteração um descumprimento do bloqueio de bens imposto ao empresário no ano passado, uma "violação à indisponibilidade".

Maurício Odebrecht cuida de um mercado onde as vacas são vendidas por milhões de reais. Somente uma delas, Maharash II, foi comprada por R$ 3,46 milhões[10], em 2016, numa sociedade entre a EAO Empreendimentos, o pecuarista Jaime Pinheiro e a Fazenda Guadalupe, de outro personagem recorrente desta série: o ex-presidente da empresa Pedro Novis, um dos delatores premiados da Lava Jato.

Em 2017, um mês após a reunião que redividiu capital, a EAO faturou R$ 10 milhões com 2.700 animais em um leilão em Itagibá, no sul da Bahia, o 4º Mega Evento EAO[11]. A vaca mais cara foi vendida por R$ 130 mil. Média por cabeça, R$ 1.183. Segundo a revista especializada AG, a EAO foi a quinta maior[12] vendedora de zebus em 2017, com 880 animais da raça Nelore vendidos.

O leilão de 2017 na Fazenda Baviera teve patrocínio de empresas como Chevrolet e Santander. Com transmissão do Canal

---

9 FOLHA DE S. PAULO. Marcelo Odebrecht descumpre bloqueio de bens, diz TCU. Disponível em: https://www1.folha.uol.com.br/poder/2018/01/1954688-marcelo-odebrecht-descumpre-bloqueio-de-bens-diz-tcu.shtml. Acesso em 24 de maio. 2019

10 DINHEIRO RURAL. A vaca de 3 milhões. Disponível em: https://www.dinheirorural.com.br/secao/cocheira/a-vaca-de-r-3-milhoes. Acesso em 24 de maio. 2019

11 EAO. 4o megaevento EAO. Disponível em: http://eao.com.br/megaevento/. Acesso em 24 de maio. 2019.

12 BEEF POINT. Os maiores vendedores de touros do Brasil – Top 100 2017 – Zebuínos. Disponível em: https://www.beefpoint.com.br/os-maiores-vendedores-de-touros-do-brasil-top-100-2017-zebuinos/. Acesso em 24 de maio. 2019.

Rural. Mas antes era transmitido pelo Terra Viva, da Band, fundado por Jovelino Mineiro e outros pecuaristas. Nessa época Marcelo Odebrecht estava preso em Curitiba; o patriarca Emílio, em prisão domiciliar.

Crise? Não de forma plena. Nos dias 21 e 22 de julho de 2018 ainda eram vistos sinais de prosperidade. Mais uma vez na Fazenda Baviera, o 5º Mega Evento EAO movimentou R$ 11,5 milhões - mais que no ano anterior[13]. Uma das imagens de divulgação do evento mostra uma Nossa Senhora gigante, com gado ao fundo. Legenda: "Bahia de todos os santos, crenças, cores… terra também da pecuária".

É por meio da EAO que Emílio Odebrecht é acionista da Recepta Biopharma, empresa de genética – e de pesquisa contra o câncer – que tem também como sócio Jovelino Carvalho Mineiro Filho, o amigo de Fernando Henrique Cardoso. Foi exatamente a EAO a empresa representada por José de Oliveira Costa, advogado de FHC, durante uma assembleia da ReceptaBio.

EMPRESA PLANTA CANA EM UNIDADES DE CONSERVAÇÃO

O palco dos leilões da EAO era exatamente a Fazenda Baviera, onde os Odebrecht se reuniram em 2017 para redistribuir o capital. A propriedade em Itagibá foi adquirida em 1994 e possui 6 mil hectares. Bem menos que a Fazenda Reunidas Boa Vista, em Ibicuí, município vizinho conhecido pelas festas juninas.

Sede da EAO Empreendimento Agropecuários, a Fazenda Boa Vista possui 17 mil hectares. Maurício Odebrecht pilota também, desde 2006, a Fazenda Reunidas Uberaba, na Rodovia MG-427, com 1.200 hectares. Lá ele cria gado gir e nelore.

---

13 BLOG CANAL RURAL. 5º Mega Evento EAO movimenta R$11,5 milhões. Disponível em: https://blogs.canalrural.uol.com.br/leiloblog/2018/07/26/5o-mega-evento-eao-movimenta-r115-milhoes/. Acesso em 12 de junho. 2019

As informações sobre plantio de cana pela Atvos e suas antecessoras no grupo Odebrecht, nos últimos anos, dão conta de utilização anual de até 450 mil hectares. Mas não fica clara a distribuição desse território. O que é certo é que cada uma das unidades possui algumas dezenas de milhares de hectares – ou quase centena de milhares – à disposição.

Trata-se da Usina Santa Luzia, em Nova Alvorada do Sul (MS), que possui cerca de 80 mil hectares[14] plantados. "Todos arrendados", informou o superintendente do polo local da Atvos, Fabiano Pontes, ao jornal Correio do Estado. Ainda no Mato Grosso do Sul, o polo de Rio Brilhante planta cana em 31 mil hectares.

Em Goiás, a Rio Claro Agroindustrial planta cana de açúcar em cerca de 48 mil hectares. Em Mato Grosso, segundo relatório da safra 2017/18 da empresa, somente em áreas localizadas em Unidades de Conservação os canaviais somaram 80.135 hectares.

Em seu relatório sobre a safra 2016-17[15], a Odebrecht Agroindustrial informou possuir canaviais no entorno de Unidades de Conservação localizadas nesses quatro estados, como o Parque Nacional das Emas, em Goiás, desde 2001 um Patrimônio Natural da Humanidade, o Morro do Diabo, no extremo oeste paulista, e a Área de Proteção Ambiental da Bacia do Alto Paraguai.

---

14 CORREIO DO ESTADO. Moagem cai na 2ª maior usina de Mato Grosso do Sul. Disponível em: https://www.correiodoestado.com.br/rural/moagem-cai-na-2a-maior-usina-de-mato-grosso-do-sul/312967/. Acesso em 24 de maio. 2019.

15 ODEBRECHT AGROINDUSTRIAL. Relatório Anual Safra. 2016-2017. Disponível em: http://ra2017.odebrechtagroindustrial.com/pb/anexo_gri/. Acesso em 21 de maio. 2019

DE FHC AOS EMPRESÁRIOS

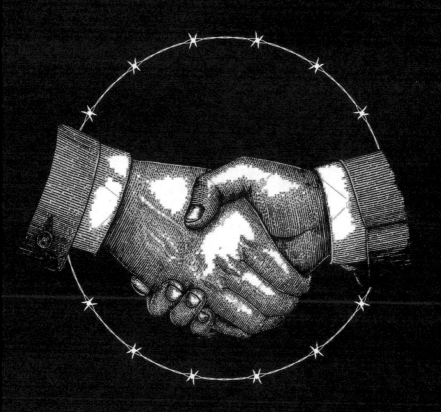

Fundação FHC e Sociedade Rural Brasileira ficam no mesmo prédio

E não por acaso: foi Jovelino Mineiro quem escolheu o local; filho do pecuarista, Bento Mineiro, fundou o 'Endireita, Brasil' e a Rural Jovem com o filho de Pedro Novis, da Odebrecht

Não foi pela vista para o Anhangabaú, ao lado do Teatro Municipal, que Fernando Henrique Cardoso escolheu o lugar para a sede da fundação que leva seu nome. Essa função coube ao amigo pecuarista Jovelino Carvalho Mineiro Filho, uma das figuras mais influentes na Sociedade Rural Brasileira[1]. A organização, um dos templos do agronegócio no Brasil, fica no 19º andar do prédio na Rua Formosa, ao lado da Praça Ramos de Azevedo; a Fundação FHC, no 6º andar.

Foi lá no 19º andar que Fernando Henrique Cardoso lançou o Plano Real, em 1994. Jovelino Mineiro já era seu amigo, desde os anos 70. "Foi ele que descobriu esse local aqui", contou FHC em entrevista – oferecida no 6º andar – à Fundação Getúlio Vargas (FGV)[2], em 2007. "Porque aqui em cima tem a Sociedade Rural Brasileira. Então, ele que descobriu esse local aqui. E é pessoa de confiança e que sabe... ajudou, no início, a levantar recursos".

Filho de Jovelino, Bento Abreu Sodré de Carvalho Mineiro é um dos diretores da Rural, instituição centenária criada em 1919. Fundador da Rural Jovem, em 2009, e do movimento Endireita Brasil, em 2006, ele frequentava, quando criança, o Palácio da

---

1 SOCIEDADE RURAL BRASILEIRA. Disponível em: http://www.srb.org.br/. Acesso em 25 de maio. 2019

2 FGV. Disponível em: http://www.fgv.br/cpdoc/historal/arq/Entrevista1519.pdf

Alvorada. Em 1999, em reportagem sobre venda de touros por Fernando Henrique em Rancharia (SP), a revista Veja contou que a relação entre FHC e a família de Jovelino era tão próxima que nos aniversários do presidente era Bento Mineiro, na época com 11 anos, quem apagava as velinhas do bolo.

Hoje, treze andares acima de Fernando Henrique no edifício CBI-Esplanada[3], Bento Mineiro é um dos dois diretores-secretários da Sociedade Rural, abaixo do presidente, Marcelo Weyland Barbosa Vieira, e dos três vice-presidentes. Entre os 28 conselheiros, sete têm mandatos até 2023. Um deles é Jovelino Mineiro.

Do outro lado do Viaduto do Chá, na Rua Riachuelo, fica no primeiro andar a Associação dos Criadores de Nelore do Brasil[4]. A diretoria da ACNB no biênio 2016-18 tinha Bento Mineiro entre seus membros. O segundo vice-presidente era Maurício Bahia Odebrecht - o comandante do império agropecuário da empreiteira. O primeiro vice-presidente, Pedro Gustavo de Britto Novis, filho de Pedro Augusto Ribeiro Novis – ex-presidente da Odebrecht e um dos delatores premiados da Operação Lava Jato.

O presidente do conselho da ACNB nesse período era, Renato Diniz Barcellos Corrêa, filho de Jonas Barcelos Corrêa Filho. Os pais pecuaristas - Jonas e Jovelino - estão entre os 14 integrantes do Conselho Deliberativo da ACNB, no biênio 2018-2010. Ao lado de Pedro Gustavo Novis, presidente entre 2012 e 2014, o filho do delator. Foi Pedro Augusto Novis quem acusou o senador José Serra (PSDB-SP) de ter recebido R$ 52,4 milhões[5] entre 2002 e 2012. O primeiro vice-presidente no biênio 2012-14 era Maurício

---

3 CBI CONDOMINIO ESPLANADA. Disponível em: http://www.cbiesplanada. com.br/edificio.htm. Acesso em 25 de maio. 2019

4 ASSOCIAÇÃO DOS CRIADORES DE NELORE NO BRASIL. Disponível em: http://www.nelore.org.br/Institucional/Conselho. Acesso em 25 de maio. 2019

5 O ESTADO DE S. PAULO. Delator revela milhões em especie para Serra Disponivel em: https://politica.estadao.com.br/blogs/fausto-macedo/delator-revela-milhoes-em-especie-para-serra/

Odebrecht, irmão de Marcelo e filho de Emílio Odebrecht. Desde 2018, diante da prisão dos parentes, o piloto do grupo.

PRESIDENTE DA RURAL TRABALHA PARA SOROS

O presidente da Sociedade Rural Brasileira, Marcelo Weyland Barbosa Vieira, trabalha para uma organização estadunidense, a Adecoagro. Entre 2005 e 2014, presidiu a empresa, um dos tentáculos do império agropecuário do megainvestidor George Soros – que, por sua vez, já injetou dinheiro na Fundação FHC. Cafeicultor, Vieira dirige as atividades de açúcar e álcool da Adecoagro no Brasil, onde Soros tem pelo menos 200 mil hectares.

Marcelo Vieira tinha como principal ativo a Usina Monte Alegre, em Monte Belo (MG), hoje controlada pela empresa Adecoagro Vale do Ivinhema. O grupo do investidor húngaro-americano tem duas usinas no Mato Grosso do Sul e avança para o Matopiba, a fronteira do agronegócio nos estados de Maranhão, Tocantins, Piauí e Bahia.

O Instituto FHC (antecessor da Fundação FHC) já recebeu uma contribuição de R$ 350 mil da Open Society Foundations, de Soros. Em 2009, o instituto e a Open Society financiaram a publicação "Drugs and Democracy"[6]. FHC é um dos líderes da Comissão Latino-americana Sobre Drogas e Democracia, apoiada pelo bilionário. Eleito personalidade do ano em 2018 pelo jornal londrino Financial Times, Soros já foi o 20º homem mais rico dos Estados Unidos. Nesse mesmo ano, doou US$ 32 bilhões de sua fortuna de US$ 40 bilhões para a Open Society.

O relatório de 2010[7] do iFHC mostra que a fundação de Soros foi uma das três financiadoras do projeto Plataforma Democrática, que lançou oito livros sobre Estado e democracia

---

6 OPEN SOCIETY FOUNDATION. Disponível em: https://www. opensocietyfoundations.org/publications/drugs-and-democracy-toward-paradigm-shift. Acesso em 25 de maio. 2019

7 FUNDAÇÃO FHC. Disponível em: https://fundacaofhc.org.br/files/ Relatorio%20de%20atividades%202010.pdf. Acesso em 25 de maio. 2019

na América Latina. O investidor – que tem alternado compra e venda de ações da Petrobras – montou, com a Adecoagro, uma das maiores empresas agropecuárias da América Latina, com forte atuação na Argentina e no Paraguai.

Em 2015, Fernando Henrique foi a presença mais ilustre em um jantar[8] para Soros na Avenida Vieira Souto, no Rio, onde o empresário falou sobre cultura da filantropia. Entre os presentes estavam o parceiro Celso Lafer e empresários como David Feffer, da Suzano, Olavo Monteiro de Carvalho (que também cria gado nelore) e Guilherme Leal, da Natura. O evento foi organizado pela Open Society e pela Fundação FHC.

ORGANIZAÇÃO FOI 1ª A DEFENDER IMPEACHMENT

O antecessor de Vieira na presidência da Sociedade Rural Brasileira era Gustavo Diniz Junqueira, sócio do Moinho Paulista, das farinhas Nita. Ele se gaba de ter sido a Rural a primeira organização a defender o impeachment[9] da presidente Dilma Rousseff, em 2016. Dois anos antes, sua posse foi prestigiada pelo ex-governador paulista Geraldo Alckmin - candidato tucano derrotado duas vezes em campanhas à Presidência da República – e por Fernando Henrique Cardoso[10].

O compadre de FHC, Jovelino Carvalho Mineiro Filho, é um dos membros do Conselho Superior do Agronegócio, o Cosag,

---

8 O ESTADO DE S. PAULO. Em casa com Soros. Disponível em: https://cultura.estadao. com.br/blogs/direto-da-fonte/em-casa-com-soros/. Acesso em 25 de maio. 2019

9 NOTÍCIAS AGRÍCOLAS. Sociedade Rural Brasileira diz que volta de Dilma seria um desastre para o País. Disponível em: https://www.noticiasagricolas.com.br/ videos/politica-economia/175869-gustavo-diniz-junqueira-pres-sociedade-rural-brasileira.html#.XPwN8Y9v_IU. Acesso em 10 de junho. 2019

10 SOCIEDADE NACIONAL DE AGRICULTURA. Gustavo Diniz Junqueira toma posse como presidente da Sociedade Rural Brasileira. Disponível em: https://www. sna.agr.br/gustavo-junqueira-toma-posse-como-presidente-da-rural-na-presenca-de-alckmin-fhc-e-outras-autoridades/. Acesso em 25 de maio. 2019

da Federação das Indústrias do Estado de São Paulo (Fiesp)[11], ao lado do presidente da Sociedade Rural, Marcelo Vieira, e de outros conselheiros da organização, como Cesário Ramalho da Silva e o vice-presidente Pedro de Camargo Neto.

A Fiesp foi uma das protagonistas do impeachment de Dilma Rousseff, consagrando a imagem do pato com olhos cegos. Em 2009, seu presidente Paulo Skaf[12] – candidato derrotado ao governo paulista pelo MDB – foi um dos empresários presentes em jantar promovido por Fernando Henrique Cardoso. O objetivo, traçar os planos da Fundação FHC para 2010. Jovelino Mineiro, o Nê, também estava presente.

O filho do pecuarista, Bento Mineiro, fazia parte da Rural Jovem quando esteve entre os fundadores do Movimento Endireita Brasil, em 2006. Outro integrante desse movimento – cujos membros fizeram treinamento no Leadership Institute, nos EUA – foi Ricardo Salles, um político do PP que comandou a Secretaria de Estado do Meio Ambiente durante o governo Alckmin e foi alçado, no início do governo de Jair Bolsonaro, à condição de ministro do Meio Ambiente. Ele também integra o Conselho Superior do Agronegócio, da Fiesp.

Salles é um político que chama a Comissão da Verdade – que investigou os crimes da ditadura – de Comissão da Vingança. Ele foi secretário particular de Alckmin em 2013. Assumiu a pasta do Meio Ambiente em julho de 2016. Mas só durou um ano. Em agosto, ele pediu demissão. Motivo: tornou-se réu por improbidade administrativa, acusado de corrupção. O Ministério Público solicitou seu afastamento do cargo e uma indenização de R$ 50 milhões[13].

---

11 FIESP. Conselhos superiores - Agronegócio. Disponível em: http://www.fiesp.com.br/instituto-roberto-simonsen-irs/conselhos-superiores/agronegocio/. Acesso em 25 de maio. 2019

12 IG. Fernando Henrique reúne pesos pesados para traçar planos para 2010. Disponível em: http://guilhermebarros.ig.com.br/2009/12/08/fernando-henrique-reune-pesos-pesados-para-tracar-planos-de-sua-fundacao/. Acesso em 25 de maio. 2019

13 DIRETO DA CIÊNCIA. Ricardo Salles deixa a Secretaria do Meio Ambiente de São Paulo. Disponível em: http://www.diretodaciencia.com/2017/08/28/ricardo-salles-

Perguntado sobre o sindicalista e ambientalista Chico Mendes durante o programa Roda-Viva, da TV Cultura, já como ministro, Salles disparou: "É irrelevante, que diferença faz quem é Chico Mendes neste momento?"[14] De Olho nos Ruralistas contou, no fim de 2018, que uma das empresas beneficiadas por suposta fraude ambiental[15] cometida por Salles, em São Paulo, foi a Suzano Papel e Celulose S/A, que já patrocinou evento do Endireita Brasil.

Outro diretor da Sociedade Rural Brasileira (e fundador da Rural Jovem), João Francisco Adrien Fernandes, fazia parte do Endireita Brasil. Colega de Bento Mineiro na Pontifícia Universidade Católica (PUC-SP), onde cursaram Ciências Sociais, ele também é simpatizante do Movimento Brasil Livre, o MBL, e do Vem Pra Rua, que participaram diretamente das mobilizações de rua contra o governo petista.

Bento Mineiro também é amigo de Frederico D'Ávila, um dos tesoureiros da Rural, em 2018 eleito deputado estadual pelo PSL. D'Ávila foi consultor do tucano Geraldo Alckmin para o agronegócio, mas trocou de lado: virou um entusiasta da candidatura de Jair Bolsonaro (PSL), a quem assessorou, durante a campanha, em temas do setor agropecuário. Ele é irmão do tucano Luiz Felipe D'Ávila, um dos dez integrantes não-vitalícios da Fundação FHC.

A Sociedade Rural Brasileira mobilizou-se durante a Assembleia Nacional Constituinte, em 1988, para defender a propriedade privada e a função econômica da terra. A Frente Ampla Ruralista foi o embrião da atual Frente Parlamentar da

---

deixa-a-secretaria-do-meio-ambiente-de-sao-paulo/. Acesso em 25 de maio. 2019

14 DE OLHO NOS RURALISTAS. Versão do ministro Ricardo Salles coincide com a dos assassinos de Chico Mendes. Disponível em: https://deolhonosruralistas.com. br/2019/02/13/versao-do-ministro-ricardo-salles-coincide-com-a-dos-assassinos-de-chico-mendes/. Acesso em 10 de junho. 2019

15 DE OLHO NOS RURALISTAS. Ricardo Salles beneficiou Suzano em São Paulo; futuro ministro é acusado de fraude ambiental. Disponível em: https://deolhonosruralistas. com.br/2018/12/13/ricardo-salles-beneficiou-suzano-em-sao-paulo-futuro-ministro-e-acusado-de-fraude-ambiental/. Acesso em 10 de junho. 2019

Agropecuária (FPA), naquela década que consagrou a expressão do termo "ruralista", quando a principal expressão política do setor era o atual senador Ronaldo Caiado (PSD-TO), da União Democrática Ruralista (UDR).

A informação sobre o papel da Sociedade Rural na definição da frente parlamentar consta de livro sobre os 90 anos da associação, publicado em 2010 pela Imprensa Oficial[16]. O lançamento foi na Casa das Rosas, administrada por uma Organização Social (OS) dirigida por Clóvis Carvalho, mais um dos dez membros não-vitalícios da Fundação FHC e ministro durante os governos Fernando Henrique Cardoso.

O ex-presidente assina um texto desse livro em capítulo chamado "Colheita", com depoimentos de personalidades sobre a instituição. O senador José Serra também deu sua contribuição. O lançamento do Plano Real na sede da Rural ocorreu durante a presidência de Roberto Rodrigues – que viria a ser ministro da Agricultura durante o início do governo Luiz Inácio Lula da Silva.

---

16 AGRO LINK. Os 90 anos da Sociedade Rural Brasileira em livro da Imprensa Oficial. Disponível em: https://www.agrolink.com.br/noticias/os-90-anos-da-sociedade-rural-brasileira-em-livro-da-imprensa-oficial_108512.html. Acesso em 25 de maio. 2019

Fundação FHC promove agronegócio e prestigia Museu do Zebu

Manutenção do acervo do ex-presidente e eventos da organização foram realizados com isenções fiscais; em 2016, petista pediu convocação de Fernando Henrique na CPI da Lei Rouanet

Em 2014, duas consultoras da Fundação FHC foram a Uberaba (MG) conhecer o Museu do Zebu. Elas foram recebidas pela presidente do museu e pelo então vice-presidente da Associação Brasileira dos Criadores de Zebu (ABCZ)[17], Jovelino Carvalho Mineiro Filho – também dono de terras no município mineiro. É na sede da ABCZ, em Uberaba, que fica o escritório da Associação dos Criadores de Nelore, que tem Bento Mineiro, filho de Jovelino, como um dos sócios.

Silvana Camargo representava a própria Fundação FHC. A consultora Ana Maria de Almeida Camargo, o Departamento de História da Universidade de São Paulo (USP), onde já apresentou pesquisa sobre o acervo do ex-presidente. Em 2007, as duas lançaram o seguinte livro, em português e inglês: "Tempo e circunstância: a abordagem contextual dos arquivos pessoais: procedimentos metodológicos adotados na organização dos documentos de Fernando Henrique Cardoso"[18].

Em 2015, o Centro de Referência da Pecuária Brasileira–Zebu (CRPB) – um projeto da ABCZ renomeado para Zebu.org – recebeu pesquisadores da Fundação FHC, também em Uberaba,

---

17 REVISTA ABCZ. Disponível em: https://issuu.com/revista_abcz/docs/abcz_82_bx. Acesso em 25 de maio. 2019.

18 FUNDAÇÃO FHC. Tempo e circunstância: a abordagem contextual dos arquivos pessoais. Disponível em: https://fundacaofhc.org.br/publicacoes/tempo-e-circunstancia-a-abordagem-contextual-dos-arquivos-pessoais

para a apresentação da instituição, que acabara de ser inaugurada. Semanas depois o historiador da organização, Thiago Riccioppo, visitou a fundação. Foi recebido por Ana Maria, Silvana e pela curadora do acervo, Danielle Ardaillon, única mulher entre os dez membros não-vitalícios da fundação.

O acervo da Fundação FHC é mantido com verbas de incentivo fiscal, por meio da Lei Rouanet. Em outubro de 2016, o deputado Jorge Solla (PT-BA) requereu à CPI da Lei Rouanet[19] (cujo relator foi o deputado Domingos Sávio, do PSDB-MG) a convocação de FHC, que ele apontou como "um dos cem maiores utilizadores das das do sistema"[20].

Segundo o deputado, a fundação – que ele descreve como Instituto FHC, o nome que durou até 2010 – tinha captado R$ 14,5 milhões. O projeto que estava em curso naquele ano recebera, até 2017, R$ 6,2 milhões. "O objeto do financiamento é a manutenção de estrutura de preservação do acervo do ex-presidente e de sua família", escreveu Solla no requerimento.

O superintendente da Fundação FHC, Sérgio Fausto, disse que as duas consultoras foram a Uberaba porque o Museu do Zebu possui um bom acervo histórico. "Não é nenhuma correia de transmissão do agronegócio", afirmou, em entrevista por telefone. "As duas são historiadoras, o trabalho da equipe é seríssimo. Nada mais distante delas do que os interesses do agro brasileiro".

Segundo o cientista político, reforma agrária e ambiente foram dois temas escolhidos pela equipe do acervo para se fazer uma linha do tempo, a partir de três dimensões: a social, as ações de governo e as mudanças legislativas. Essa linha do tempo será ilustrada com documentos da própria fundação. "Tem bastante coisa de reforma agrária", informa.

---

19 CÂMARA. CPI Lei Rouanet. Disponível em: https://bit.ly/2xzaMVk

20 FOLHA DE S. PAULO. CPI da Lei Rouanet avalia chamar FHC para depor sobre verba a fundação. Disponível em: https://www1.folha.uol.com.br/colunas/monicabergamo/2016/10/1822067-cpi-da-lei-rouanet-avalia-chamar-fhc-para-depor-sobre-verba-a-fundacao.shtml. Acesso em 29 de junho. 2019

DA RURAL À FUNDAÇÃO, PROMOÇÃO DO AGRONEGÓCIO

Autointitulada um dos principais *think tanks* do mundo, a Fundação FHC tem uma relação próxima com o agronegócio, como vimos no capítulo sobre a Sociedade Rural Brasileira, que fica no mesmo prédio. Essa conexão, porém, não se restringe à Rural. Inúmeros eventos realizados no edifício da Rua Formosa trataram do setor.

No dia 24 de abril, por exemplo, a fundação realizou um evento sobre o seguinte tema: "Pesquisa e inovação no agronegócio: os desafios do futuro batem à porta". Sob o patrocínio de empresas como Bunge, Cosan, Raízen, Natura e Votorantim – para citar empresas mais diretamente ligadas ao setor. O time de empresas costuma se repetir ao longo dos eventos, como se vê nas fotos de divulgação. (Inclusive aquelas com FHC[21].)

O relatório de 2016[22] da fundação mostra que Ambev, Bunge, Cosan, Itaú e Natura patrocinaram 22 dos 35 eventos realizados no ano. Um deles, sobre mudanças climáticas. O seminário sobre os vinte anos da lei da arbitragem no Brasil – onde esteve o advogado José Oliveira da Costa, na época diretor da fundação – teve como um dos palestrantes o diretor jurídico da Bunge.

Em dezembro de 2009, Fernando Henrique Cardoso reuniu trinta empresários[23] para traçar a estratégia do iFHC para o ano seguinte. Entre eles estavam Jovelino Mineiro, Rubens Ometto (Cosan), Paulo Skaf – empresários mantenedores do instituto – e os banqueiros Lázaro Brandão, José Safra e Pedro Moreira Salles.

---

21 DEFESA NET. Disponível em: http://www.defesanet.com.br/fronteiras/noticia/25874/Fundacao-FHC---Video-Palestra-GenEx-Villas-Boas-e-GenEx-Mendes-Cardoso/. Acesso em 25 de maio. 2019

22 FUNDAÇÃO FHC. Disponível em: http://docplayer.com.br/59956279-Relatorio-de-atividades-2016.html. Acesso em 25 de maio. 2019

23 IG. Fernando Henrique reúne pesos pesados para traçar planos para 2010. Disponível em: http://guilhermebarros.ig.com.br/2009/12/08/fernando-henrique-reune-pesos-pesados-para-tracar-planos-de-sua-fundacao/. Acesso em 25 de maio. 2019

Em 2013, ao comemorar seus 94 anos, a Sociedade Rural Brasileira[24] homenageou Brandão. Um dos presentes era FHC. O ex-presidente sentou-se ao lado da senadora Kátia Abreu (PDT-TO), à época no PSD, prestes a se filiar ao PMDB. Kátia foi ministra da Agricultura durante o governo Dilma Rousseff, a quem defendeu durante o processo de impeachment.

Em fevereiro de 2017, em evento da Fundação FHC transmitido pelo Facebook, sobre o governo protecionista nos Estados Unidos, um dos debatedores era Gustavo Diniz Junqueira[25], então presidente da Rural. Ele é membro de alguns conselhos de administração, entre eles o da Cosan Logística.

EM 1995, FHC DEFENDEU 'PECUÁRIA AGRESSIVA'

No início de seu primeiro governo, em 1995, Fernando Henrique Cardoso esteve em Uberaba para inaugurar a Expozebu[26] – o mesmo evento inaugurado por Michel Temer no dia 28 de abril de 2018. FHC voltou à exposição para outras inaugurações, em 1997 e 2001. (Dilma Rousseff, Luiz Inácio Lula da Silva, Fernando Collor, Ernesto Geisel e Juscelino Kubitschek também inauguraram a exposição durante seus mandatos.)

Em 1995, ele estava acompanhado do presidente paraguaio, o pecuarista (com terras no Brasil) Juan Carlos Wasmosy. "O caminho está traçado", disse FHC ao inaugurar a 65ª edição da Expozebu. "Eu vim aqui a Uberaba para dizer a Minas que é daqui

---

24 SOCIEDADE NACIONAL DE AGRICULTURA. SRB faz 94 anos e homenageia Lázaro Brandão, do Bradesco. Disponível em: https://www.sna.agr.br/sociedade-rural-brasileira-reune-liderancas-do-agronegocio-na-comemoracao-de-seus-94-anos/ . Acesso em 25 de maio. 2019.

25 FUNDAÇÃO FHC. Um governo protecionista nos EUA é uma oportunidade para o Brasil? Disponível em: https://fundacaofhc.org.br/iniciativas/dialogo-na-web/um-governo-protecionista-nos-eua-e-uma-oportunidade-para-o-brasil

26 FOLHA DE S. PAULO. Fazendeiros vão receber presidente em Uberaba com desfile de zebu. Disponível em: https://www1.folha.uol.com.br/fsp/1995/4/28/brasil/17.html. Acesso em 25 de maio. 2019

que nós vamos, de fato, mais uma vez, retomar a bandeira de uma pecuária agressiva, positiva, em favor do Brasil".

Na época ele já tinha se tornado sócio de uma fazenda em Minas, a Córrego da Ponte. Inicialmente com seu ministro das Comunicações, Sérgio Motta, depois com Jovelino Mineiro.

Superintendente da Fundação FHC nega conflito de interesses em relação a patrocínios

Empresas do agronegócio como Cosan e Raizen estão entre as apoiadoras de eventos; Suzano e Votorantim estiveram entre as que financiaram o início do instituto, após jantar em 2002

O superintendente da Fundação FHC, Sérgio Fausto, foi o escolhido pelo ex-presidente Fernando Henrique Cardoso para falar, em nome da organização, sobre a série de reportagens "FHC, o Fazendeiro", que deu origem a este livro. O cientista político teceu um discurso conciliador, identificando no agronegócio uma atividade importante para o Brasil, mas reconhecendo a importância de uma observação crítica – como a que faz o De Olho nos Ruralistas.

Fernando Henrique enviou, por meio do principal executivo da fundação, uma resposta específica para as perguntas feitas pelo observatório, sobre as propriedades da família e a relação que ele tem com pecuaristas, em especial o amigo – e antigo parceiro na fazenda Córrego da Ponte, em Minas Gerais – Jovelino Carvalho Mineiro Filho.

"O presidente não vai dar entrevista", informou Sérgio Fausto. Ele explicou que não pode falar por outros conselheiros procurados pela reportagem, como Jovelino Mineiro e o advogado José de Oliveira Costa – que deixou a direção da fundação, embora ainda aparecesse com a função no site e em registros recentes da pessoa jurídica. "O que posso falar é sobre a fundação", afirmou, em entrevista por telefone no dia 21 de maio de 2018.

Sérgio Fausto disse que o agronegócio é um tema caro à fundação, por ser "evidentemente" um tema muito importante para o Brasil:

– Nossa posição é que o agro é atividade que tem de ser praticada dentro de determinadas bases e parâmetros, como a sustentabilidade ambiental – uma matéria controversa. Não é papel da fundação tomar posição específica. E sim que precisa olhar o agro, setor fundamental para o Brasil, como um vetor importante, desde que se dê nos moldes da sustentabilidade.

O cientista político citou um debate sobre Código Florestal, realizado em 2010, como exemplo da pluralidade defendida pela fundação. Dele participaram o ex-deputado Aldo Rebelo, então no PCdoB, um representante do Greenpeace e o ambientalista João Paulo Capobianco, secretário-executivo do Meio Ambiente durante a gestão de Marina Silva à frente da pasta. Rebelo e Capobianco não se bicaram.

"Ideia sempre foi colocar os dois mundos para conversar", afirmou Sérgio Fausto. "Tem uma pluralidade de pontos de vista presentes". Antes que eu perguntasse sobre a ausência dos movimentos sociais nos debates, Fausto adiantou-se. "Nos últimos anos esse diálogo ficou muito difícil. Mas não tem nenhum problema receber movimento social. O presidente recebia o MST no Palácio do Planalto".

O superintendente fez referência também a um seminário sobre questão agrária ocorrido havia pouco tempo na fundação, em abril de 2018, com a participação do pesquisador Zander Navarro[27], da Empresa Brasileira de Agropecuária (Embrapa). O sociólogo já foi defensor do Movimento dos Trabalhadores Rurais Sem-Terra (MST), mas se tornou uma voz em defesa do agronegócio:

---

27 GAZETA DO POVO. Justiça manda reintegrar sociólogo da Embrapa demitido por criticar a empresa. Disponível em: https://www.gazetadopovo.com.br/vozes/conexao-brasilia/justica-manda-reintegrar-sociologo-embrapa-demitido-criticar-empresa/. Acesso em 25 de maio. 2019

– Ele diz que os benefícios que o agro traz ao Brasil são muito significativos. Mas que é um modelo de produção concentrador. E que a Embrapa precisa pensar nesse dilema, pois perdeu a capacidade de pensar o mundo rural brasileiro também sob a ótica dos perdedores. Porque tem perdedores. Você precisa ter políticas públicas para os perdedores.

Fausto mencionou uma posição contundente de Fernando Henrique em relação a trabalho escravo[28] – ele definiu uma portaria do governo Temer, em outubro, como "desastrosa" e "inaceitável" – como um exemplo de que o contraponto é importante. "Quando vejo o De Olho nos Ruralistas, claro que não concordo com muita coisa, mas é saudável. Porque tem um pedaço do agronegócio que é o Brasil truculento, atrasado".

'NÃO SOU CONTRA NEM A FAVOR DA RURAL'

Ciente de que o observatório tem uma postura crítica em relação ao agronegócio, o cientista político se adiantou a várias perguntas. Entre elas, um questionamento sobre eventual conflito de interesses no caso dos patrocínios para os eventos – as logomarcas da Cosan e da Raízen estão entre as mais assíduas nos seminários. "Isso nunca condicionou o debate aqui dentro".

Mas não teve um seminário sobre arbitragem com a participação de um advogado da Cosan? Ele respondeu que o debatedor tem experiência na área: "Significa que tem uma proximidade? Sim. Mas por que ele foi chamado? Porque participou de processos de arbitragem. Fala bem, entende do assunto? Venha, fale. Isso não compromete a independência da fundação".

Em relação à proximidade física da fundação (no 6º andar do prédio na Rua Formosa) com a Sociedade Rural Brasileira (19º andar), o executivo também não viu problema nenhum: "É um fato, funciona no mesmo prédio. Isso não quer dizer nada.

---

28 O ESTADO DE S. PAULO. Para FHC, portaria sobre trabalho escravo é desastrosa. Disponível em:https://economia.estadao.com.br/noticias/geral,para-fhc-portaria-sobre-trabalho-escravo-e-desastrosa,70002051228

Não cria afinidades entre a fundação e a Rural. Também não cria desafinidades. A gente tem nossa pauta, a Rural tem a dela. Quando o presidente fez a manifestação sobre trabalho escravo, a Rural tinha outra opção".

A Sociedade Rural Brasileira, porém (desta vez a pergunta é do repórter), diz ter sido a primeira instituição a defender o impeachment de Dilma Rousseff. Isso não representa um problema político?

– Você sabe que a posição do impeachment dividiu o país. Podemos ter posições diferentes, sobre ruptura ou não. A Fundação FHC não tomou posição nenhuma. Aliás, não toma posição em relação à política partidária. Posição é ter espaço plural para temas de política pública que nos parecem relevantes. Se a Rural se manifestou é uma questão da Rural, não é da Fundação. Ela está no mesmo prédio e tem uma pessoa, que é o Jovelino Mineiro, que é associado da Rural e da Fundação. Não tenho nada contra, também não tenho a favor.

FHC fez um governo neoliberal? A pergunta novamente não é do repórter, mas de Fausto. Ele mesmo respondeu: "Espera um pouquinho. Quando você olha os dados, é difícil dizer que foi um governo de matriz liberal. Evidentemente a concepção de mundo defendida pelo MST não é a defendida pelo governo Fernando Henrique. Lula e FHC foram muito mais próximos entre si, nesse caso, do que ambos em relação ao MST".

Perguntado sobre opiniões do presidente, contidas, por exemplo, em seus diários, como a definição do conceito de campesinato como algo arcaico, e a associação do agronegócio à modernidade, Sérgio Fausto afirmou que a pequena propriedade familiar, no governo do sociólogo, se expressou na reforma agrária e na criação do Programa Nacional de Fortalecimento à Agricultura Familiar (Pronaf). "E o governo Lula foi uma continuidade disso, o Pronaf se expandiu'.

O cientista político considera que Fernando Henrique se manifestou simbolicamente, ao receber delegações do MST no Palácio do Planalto, logo no início de seu mandato. "Ele brinca que era mais de esquerda que seu governo", disse. "Teve, claro, a famosa Medida Provisória que proibiu reforma agrária para quem invadisse prédio público". Fausto pensou um pouco, mediu as palavras – sempre prevendo o contraponto do interlocutor – e complementou o raciocínio: "Ou ocupasse, como você preferir".

Onde estão os empresários que bancaram a criação da Fundação FHC

Jantar no Palácio da Alvorada reuniu os principais financiadores em dezembro de 2002, no fim do segundo governo Fernando Henrique; organizador foi o pecuarista Jovelino Mineiro

Eles eram pelo menos doze. No dia 4 de dezembro de 2002, reuniram-se doze empresários (e um diretor) no Palácio da Alvorada, em jantar organizado pelo pecuarista – e amigo de Fernando Henrique Cardoso – Jovelino Carvalho Mineiro Filho. O motivo da reunião era a criação do Instituto FHC, inaugurado em maio de 2004[29], em 2010 transformado em Fundação FHC.

Fernando Henrique e Jovelino Mineiro estavam angariando doações entre os comensais. Um deles, velho conhecido desde os anos 70, era o empreiteiro Emílio Odebrecht. Como vimos em capítulo sobre o empreiteiro, o próprio Emílio contou ter contribuído para as duas campanhas de Fernando Henrique para presidente. Com caixa 1 e caixa 2.

A revista Época narrou aquele evento como "uma noite de gala"[30]. Título: "FHC passa o chapéu". O repórter Gerson Camarotti, hoje na Globo News, descreveu um jantar "regado a vinho francês Château Pavie, de Saint Émilion" – US$ 150 a garrafa. Os presentes comeram foie gras e perdizes, entre outros pratos concebidos pela chef Roberta Sudbrack.

---

29 FOLHA DE S. PAULO. Instituto FHC abre com 10 milhões. Disponível em: https://www1.folha.uol.com.br/fsp/brasil/fc1905200423.htm. Acesso em 25 de maio. 2019

30 ÉPOCA. FHC passa o chapéu. Disponível em: http://revistaepoca.globo.com/Revista/Epoca/0,,EDR53647-6009,00.htm. Acesso em 12 de junho. 2019

A ideia inicial era arrecadar R$ 5 milhões. Fora o R$ 1,2 milhão que eles já haviam doado para adquirir o imóvel na Rua Formosa – treze andares abaixo da sede da Sociedade Rural Brasileira. Kati de Almeida Braga, do Icatu, achou pouco: propôs R$ 10 milhões.

Após a rabanada de frutas vermelhas, e mais de três horas de conversa entre amigos, após as 23 horas, fechou-se o pacote de doações por R$ 7 milhões. Estava garantido o futuro da Fundação FHC. E, naqueles idos de 2002, nada foi considerado anormal.

"Fernando Henrique está tratando de seu futuro, e não de seu presente", declarou o procurador da República (futuro procurador-geral) Rodrigo Janot. "O problema seria se o presidente tivesse chamado empresários ao Palácio da Alvorada para pedir doações em troca de favores e benefícios concedidos pelo atual governo."

Onde foram parar aqueles empresários?

EMPREITEIRAS FORAM PARAR NA LAVA JATO

Mais de quinze anos depois do jantar, é possível avaliar o quanto alguns daqueles comensais continuaram, ou não, a manter algum tipo de relação com Fernando Henrique Cardoso ou com Jovelino Mineiro.

1) Emílio Odebrecht. Figura central nas investigações da Operação Lava Jato, o empreiteiro está em prisão domiciliar. Ele é um dos personagens centrais deste livro, secundado - na família - por Marcelo e Maurício Odebrecht. É sócio do pecuarista Jovelino Mineiro - por sua vez, tradicional parceiro de FHC e família - em uma empresa de genética, a ReceptaBio.

2) Luiz Roberto Ortiz Nascimento (Camargo Corrêa). Genro do fundador da empreiteira, Sebastião Camargo, ele presidia a empresa na época. Em 2018, tornou-se um dos delatores da Operação Lava Jato. Um ex-diretor da Transpetro, Sérgio Machado, disse em delação premiada que recebeu R$ 350 mil[31] de

31 FOLHA DE S. PAULO. Luiz Nascimento da Camargo Correa, deu dinheiro vivo ao PSDB, diz delator. Disponível em: https://www1.folha.uol.com.br/paywall/signup.

Nascimento em dinheiro vivo, em 1998 – destinado ao PSDB. O grupo Camargo Corrêa também tem empresas agropecuárias.

3) Ricardo Espírito Santo (Grupo Espírito Santo). Ricardo Espírito Santo Salgado foi preso em 2014, acusado de lavagem de dinheiro. O grupo faliu. Antes, os portugueses foram sócios de Jovelino Mineiro, o organizador do jantar, numa empresa agropecuária em Botucatu (SP), onde os Cardoso possuem um canavial. A história das conexões entre FHC, Mineiro e os portugueses será esmiuçada no próximo capítulo.

4) Lázaro Brandão (Bradesco). Nonagenário, Brandão presidiu até 2017 o conselho de administração do Bradesco. O Grupo Espírito Santo, antes de quebrar, esteve entre os principais acionistas do banco. Em 2013, a Sociedade Rural Brasileira – que fica no mesmo prédio da Fundação FHC, por escolha de Jovelino Mineiro – homenageou Lázaro, então com 87 anos[32]. Um dos patrocinadores da campanha publicitária "o agro é pop", da Globo, o Bradesco teve um lucro de R$ 19 bilhões em 2018.

5) Márcio Cypriano (Bradesco). Era presidente do Bradesco na época do jantar. Abandonou o banco em 2010 para se tornar um investidor do agronegócio. É um dos amigos e conselheiros de Marcos Molina, dono do gigante frigorífico Marfrig.

6) Jorge Gerdau Johannpeter. O bilionário dono do Grupo Gerdau adora hipismo e cria cavalos[33]. Em março de 2018 o STF rejeitou denúncia contra ele e o senador Romero Jucá (MDB-RR). Foi ativo no movimento pelo impeachment de Dilma Rousseff.

---

shtml?https://www1.folha.uol.com.br/colunas/monicabergamo/2016/06/1782134-luiz-nascimento-da-camargo-correa-deu-dinheiro-vivo-ao-psdb-diz-delator.shtml. Acesso em 25 de maio. 2019

32 SOCIEDADE NACIONAL DE AGRICULTURA. SRB faz 94 anos e homenageia Lázaro Brandão, do BradescoDisponível em: https://www.sna.agr.br/sociedade-rural-brasileira-reune-liderancas-do-agronegocio-na-comemoracao-de-seus-94-anos/

33 DINHEIRO RURAL. Gerdau constrói o cavalo perfeito. Disponível em: https://www.dinheirorural.com.br/secao/agronegocios/gerdau-constroi-o-cavalo-perfeito. Acesso em 25 de maio. 2019

7) Olavo Setúbal (Itaú). Morreu em 2008. O delator Pedro Corrêa disse que ele financiou a reeleição de Fernando Henrique Cardoso. O Itaú fundiu-se com o Unibanco em 2008 e se tornou o maior banco privado do país. Seu lucro em 2018 foi de R$ 25 bilhões.

8) Benjamin Steinbruch (CSN). O fundador do grupo Vicunha é amigo de Paulo Henrique Cardoso, filho de FHC. Sete dos Steinbruch possuíam, em 2015, a soma de US$ 544 milhões[34] no HSBC suíço, conforme revelou o SwissLeaks. Alguns deles travam uma disputa judicial bilionária sobre a distribuição das ações nas empresas.

9) Pedro Piva (Klabin). A Klabin é uma das maiores empresas de celulose do país. Piva morreu em 2017. Dois de seus acionistas, Horácio Lafer Piva e Celso Lafer, estão entre os dez membros não-vitalícios da Fundação FHC, assim como Jovelino Mineiro. Fernando Henrique é, desde 2009, membro do Conselho de Curadores da Fundação Emma Klabin. Em 2001, um ano antes do jantar no Alvorada, FHC e Ruth hospedaram-se no Refúgio Ecológico Caiman, de Roberto Klabin, no Mato Grosso do Sul.

10) Antônio Ermírio de Moraes (Grupo Votorantim). Morreu em 2014. Fernando Henrique esteve na missa de sétimo dia. A Votorantim Celulose e Papel uniu-se em 2009 com a Aracruz Celulose para fundar a Fibria, líder mundial no setor. Dez anos depois, a Fibria foi vendida para a Suzano[35].

11) David Feffer (Suzano). Um dos quatro controladores da gigante do setor de celulose. Uma das sócias da empresa foi casada com Bob Civita, filho de Richard Civita (Abril), casado com a cunhada de Jovelino Mineiro. Em 2003, Feffer inaugurou nova sede do Centro de Cultura Judaica (hoje Unibes Cultural) com a presença do presidente de honra, FHC. Em 2008, o ex-presidente

---

34 UOL. Brasileiros com mais de US$ 50 mi no HSBC usaram 97 contas e 68 offshores. Disponível em: https://fernandorodrigues.blogosfera.uol.com.br/2015/04/05/brasileiros-com-mais-de-us-50-mi-no-hsbc-usaram-96-contas-e-68-offshores/

35 ESTADO DE MINAS. Fibria multiplica lucro da Votorantim. Disponível em: https://www.em.com.br/app/noticia/economia/2019/05/18/internas_economia,1054780/fibria-multiplica-lucro-da-votorantim.shtml. Acesso em 28 de junho. 2019

esteve no casamento de Adriana Feffer, filha de David, com André Skaf – filho do eterno presidente da Federação das Indústrias do Estado de São Paulo (Fiesp), Paulo Skaf, apoiador do impeachment de Dilma Rousseff.

12) Kati Almeida Braga (Icatu). O banco se especializou em seguros. Ela tem forte atuação na área cultural. Em novembro de 2018, recebeu em Brasília a Ordem do Mérito Cultural, por iniciativa do governo Michel Temer.

DOS EMPRESÁRIOS A JOVELINO

Antes de falir, Grupo Espírito Santo aliou-se a Jovelino em Botucatu

Portugueses estiveram entre financiadores de primeira hora da Fundação FHC; trajetória dos empresários no Brasil passa pela agropecuária, pelos bancos e pela telecomunicação

Artífice do jantar que angariou fundos para o início da Fundação FHC, em 2002, o pecuarista Jovelino Carvalho Mineiro Filho associou-se a um dos grupos representados naquela noite no Palácio da Alvorada. Entre os empresários presentes estava o português Ricardo Espírito Santo Salgado, do agora falido - e investigado - Grupo Espírito Santo. Jovelino e o GES foram sócios de uma empresa agropecuária em Botucatu (SP).

Esta história é intrincada e complexa. De um lado, Fernando Henrique Cardoso e um dos principais membros da família Espírito Santo: Ricardo Salgado, preso na França em 2014[1] a caminho da Suíça. De outro, um dos principais amigos de FHC – Jovelino Mineiro, o Nê – associando-se com outros integrantes da família portuguesa, naqueles tempos dona de 165 mil hectares no Brasil e no Paraguai.

As atividades do grupo português foram de bancos às telecomunicações (Portugal Telecom, Vivo), passando pelas propriedades rurais. Entre elas, um latifúndio de 12 mil hectares em Botucatu (SP), município onde – a alguns quilômetros de distância

---

1 EL PAÍS. O diretor do banco e patriarca da família Espírito Santo é preso em Portugal. Disponível em: https://brasil.elpais.com/brasil/2014/07/24/economia/1406191125_521920.html. Acesso em 17 de maio. 2019

– Jovelino Mineiro e Fernando Henrique Cardoso possuem outras fazendas, nas margens do Rio Pardo.

Em que momentos (como o financiamento da Fundação Fernando Henrique Cardoso) esses personagens se cruzam?

Tentemos acompanhar o enredo cronologicamente.

Dezembro de 1996. Fernando Henrique Cardoso tem vários despachos internos no Palácio do Planalto. Recebe o presidente do Banco Espírito Santo, "lá de Portugal", Ricardo Espírito Santo Salgado. "Para a surpresa de todos nós, quer vir para cá e investir no Banespa", narra o sociólogo no primeiro volume dos "Diários da Presidência"[2]. "Será uma boa coisa se realmente for possível efetivar algo nessa direção".

Outubro de 1997. Fernando Henrique recebe novamente Ricardo Espírito Santo. O português estava acompanhado de Olavo Monteiro de Carvalho, do grupo Monteiro Aranha. Ambos haviam comprado (com os franceses do Crédit Agricole) o Banco Boa Vista, da família Paula Machado, por R$ 1[3]. "Os portugueses estão entrando firme no Brasil", analisa o presidente nos "Diários da Presidência"[4] – agora em seu segundo volume.

Ainda em 1997. Jovelino Mineiro Filho importa do paraguaio Guillermo Caballero Vargas – é o próprio pecuarista brasileiro quem conta, no site da sua Fazenda Sant'Anna – um plantel de gado brahman, "junto com o amigo Miguel Espírito Santo". Integrante de outro braço da família de Ricardo Salgado.

Junho de 1999. A exposição "Arte de um Restauro", produzida pela Fundação Ricardo do Espírito Santo Silva (um dos patriarcas do clã, falecido em 1955), é apresentada na galeria

---

2 CARDOSO, Fernando Henrique (Ed.). Diários da presidência: volume 1 (1995-1996). São Paulo: Companhia das Letras, 2015

3 ISTOÉ DINHEIRO. O misterioso Tanure. Disponível em: https://www.istoedinheiro.com.br/noticias/financas/20000628/misterioso-tanure/24453. Acesso em 17 de maio. 2019

4 CARDOSO, Fernando Henrique (Ed.). Diários da presidência: volume 2 (1997-1998). São Paulo: Companhia das Letras, 2016.

do Espaço BNDES[5]. Ela traz fotos da recuperação do Convento de Santo Antônio de Igarassu, em Pernambuco. O relatório do Banco de Desenvolvimento Econômico e Social, no ano seguinte, reproduz as fotos da exposição.

Maio de 2000. O controle do Banco Boa Vista é transferido para o Bradesco. O Grupo Espírito Santo passa a ser o terceiro maior acionista do banco controlado por Lázaro Brandão. E o maior acionista estrangeiro. Em paralelo, os portugueses ficam com as propriedades rurais que eram da família Paula Machado. Entre elas a Fazenda Morrinhos, em Botucatu (SP).

Dezembro de 2001. A empresa Botucatu Citrus S.A., localizada na Fazenda Morrinhos, faz uma assembleia geral. O presidente é Miguel Abecassis Espírito Santo Silva, representando a Companhia Agrícola Botucatu.

Outubro de 2002. Fernando Henrique Cardoso, Grão-Mestre da Ordem Nacional do Cruzeiro do Sul, admite, no dia 25, algumas personalidades estrangeiras como Grandes-Oficiais da Ordem. Entre elas, Maria João Espírito Santo Bustorf Silva, do Conselho Diretivo da Fundação Ricardo do Espírito Santo Silva, prima de Ricardo Espírito Santo Salgado. É a quinta condecoração dela no governo FHC.

Dezembro de 2002. Jovelino Carvalho Mineiro organiza jantar com empresários no Palácio da Alvorada, no poente do governo do sociólogo. Motivo: angariar fundos para o Instituto Fernando Henrique Cardoso – hoje Fundação FHC. Entre os comensais, Lázaro Brandão e Ricardo Espírito Santo Salgado. Cada empresário se compromete a doar R$ 500 mil.

Julho de 2003. É criada a Agriways, uma sociedade entre Jovelino Mineiro e (representando a holding Rioforte, do Grupo Espírito Santo) Ricardo Abecassis do Espírito Santo, irmão de Miguel. Dos 12 mil hectares originais da Companhia Agrícola Botucatu, a Agriways ficou com 8 mil hectares (para plantar cana

---

5 BNDES. Relatório Anual 1999. Disponível em: encurtador.com.br/iBHV8. Acesso em 17 de maio. 2019

e, principalmente, eucalipto). O Grupo Espírito Santo continuou controlando os 4 mil hectares restantes da Companhia Agrícola – destinados ao eucalipto e à citricultura, esta última em parceria com o grupo Louis Dreyfus. O vice-presidente do Conselho de Administração da Agriways era Ricardo Abecassis. Ele também era diretor da empresa Esap Brasil, dona de 10% das ações do canal Terra Viva, da Band.

Outubro de 2003. Jovelino Mineiro e Miguel Espírito Santo são eleitos para o Conselho Fiscal da Associação Brasileira de Hereford e Bradford – raças bovinas. Eles também fizeram parte, nos últimos anos, de diretorias da Associação dos Criadores de Brahman.

Novembro de 2003. Jovelino Mineiro e o Grupo Espírito Santo – por meio da Esap Brasil Agropecuária – criam a empresa responsável pelo canal do agronegócio Terra Viva (inaugurado em 2005), com o nome jurídico de Companhia Rio Bonito Comunicações. Os demais sócios são outros pecuaristas e os donos da Band. Jovelino e Band possuem, juntos, mais da metade das ações.

Agosto de 2006. A revista Dinheiro Rural conta que a GES Agro-pecuária, dirigida por Miguel Espírito Santo, explorava 160 mil hectares[6] no Brasil e no Paraguai. Entre as propriedades, duas na Bahia, uma de 20 mil hectares no Tocantins e 12 mil hectares na Fazenda Morrinhos, em Botucatu – as terras que eram da família Paula Machado e que, décadas antes, somavam 47 mil hectares. Faturamento anual do grupo com negócios rurais: US$ 20 milhões.

Março de 2011. O grupo holandês CRV adquire a Central Bela Vista, de Jovelino Mineiro, localizada em Pardinho (SP), município vizinho de Botucatu. O diretor da Bela Vista era Maurício Nabuco – gerente de outras empresas do pecuarista.

Junho de 2011. Fernando Henrique Cardoso, presidente da Fundação Orquestra Sinfônica do Estado de São Paulo (Osesp), comemora seus 80 anos na Sala São Paulo. "Uma noite para meus amigos", define FHC. Entre os amigos presentes está Ricardo

---

6 DINHEIRO RURAL. Portugueses brilham o agronegócio. Disponível em: http://www.agricafe.com.br/clipping/pdf/12.pdf. Acesso em 17 de maio. 2019

Abecassis Espírito Santo, acompanhado da mulher Stella. Na mesma festa, Marcelo Odebrecht e os dois principais donos do Terra Viva: Johnny Saad, da Band, e Jovelino Mineiro, sócio de Ricardo na Agriways. Além de empresários que estavam no jantar de criação do Instituto FHC, no Palácio da Alvorada.

Janeiro de 2012. O Relatório 2011 de Sustentabilidade da Rioforte confirma (com pequena variação da informação de cinco anos antes): Grupo Espírito Santo possui 165 mil hectares no Brasil e no Paraguai. Outras fontes mostram que eram cerca de 30 mil no Brasil (São Paulo e Tocantins), o restante no país vizinho.

Janeiro de 2012. Famílias sem-terra ocupam um galpão na Fazenda Morrinhos, pertencente à Agriways.

Novembro de 2012. Fundador do PSDB, Xico Graziano utiliza sua coluna no Estadão[7] para reclamar de multas contra a Fazenda Morrinhos – parceria entre Jovelino Mineiro e os portugueses. Elas somam R$ 3 milhões. Motivo: queima de 217 hectares. Secretário do Meio Ambiente entre 2007 e 2010, ele era o coordenador do Observador Político, um veículo ligado à Fundação FHC destinado a promover o pensamento de Fernando Henrique Cardoso. Em 2018 deixou o partido para apoiar a candidatura de Jair Bolsonaro. Foi cotado para o Ministério do Meio Ambiente, mas o presidente preferiu Ricardo Salles.

Janeiro de 2014. Jovelino Mineiro e o filho Bento Mineiro criam a Agrícola Ribeirão do Atalho. Com sede inicialmente em Osasco (no mesmo endereço contábil que a Goytacazes, da família FHC), mas atuação em Botucatu. Atividade econômica principal naquele ano: cultivo de cana-de-açúcar. Hoje: pecuária. Capital social: R$ 42 milhões.

Junho de 2014. Ricardo Espírito Santo Salgado é preso em Portugal, em operação que investiga o maior esquema de lavagem de dinheiro da história do país. O Grupo Espírito Santo entra em colapso.

---

7 O ESTADO DE S. PAULO. Multa Ambiental. Disponível em: https://opiniao.estadao. com.br/noticias/geral,multa-ambiental-imp-,965691. Acesso em 17 de maio. 2019

Agosto de 2014. É fechada a Agriways, substituída pela empresa AGW Empreendimentos e Participações – mais uma na Fazenda Morrinhos. Ela se cinde entre Agrícola Ribeirão do Atalho – de Jovelino Mineiro – e a própria AGW, agora da gigante sucroalcooleira Cosan. Atividade principal da AGW: cultivo de eucalipto. Capital social, R$ 42 milhões. Seu diretor, Colin Butterfield – um dos fundadores do Movimento Vem Pra Rua, ativo na campanha pelo impeachment de Dilma Rousseff, junto com Rogério Chequer[8].

Setembro de 2015. O diretor da Fazenda Morrinhos (pela Agrícola Ribeirão do Atalho), Maurício Nabuco, ganha uma reportagem de 9 minutos no canal Terra Viva[9] para reclamar das cinco multas por incêndio lavradas contra a Agriways pela Secretaria de Estado do Meio Ambiente. No vídeo é possível ver que a fazenda, no acesso para a parceira Eucatex, possui exatamente 7.885 hectares – cerca de 5% do território de Botucatu. A empresa responsabiliza o Movimento dos Trabalhadores Rurais Sem-Terra (MST) pelo incêndio.

Outubro de 2015. A Louis Dreyfus Commodities Agroindustrial S.A. move ação contra a Companhia Agrícola Rio Forte e a Janus Brasil Participações Ltda. Motivo: a empresa firmara parceria com a Companhia Agrícola Botucatu (CAB), relativa à Fazenda Morrinhos, com preferência para compra. Mas a venda das ações para o fundo de investimentos Janus significava, na prática, transferência para a concorrente Cosan[10] – que, desde abril,

---

8 DE OLHO NOS RURALISTAS. Líder de Vem pra Rua sai da Cosan para investir em ativos florestais pela Universidade de Havard. Disponível em https://deolhonosruralistas. com.br/2016/09/22/lider-de-vem-pra-rua-sai-da-cosan-para-investir-em-ativos-florestais-pela-universidade-de-harvard/. Acesso em 17 de maio. 2019.

9 TV UOL. Terraviva continua acompanhando caso da Fazenda Morrinhos. Disponível em: https://tvuol.uol.com.br/video/terraviva-continua-acompanhando-caso-da-fazenda-morrinhos-04020E9C3968C4B15326. Acesso em 17 de maio. 2019.

10 TJ-SP. Disponível em: https://tj-sp.jusbrasil.com.br/jurisprudencia/253942879/agravo-de-instrumento-ai-21180347520158260000-sp-2118034-7520158260000/inteiro-teor-253942950?ref=juris-tabs. Acesso em 10 de junho. 2019

já colocava a CAB e a AGW Empreendimentos e Participações na lista de suas propriedades agrícolas.

Dezembro de 2016. O Ministério Público de Portugal[11] arresta bens da Rioforte, do Grupo Espírito Santo. Os ativos agropecuários em Botucatu somavam R$ 112 milhões. Os de Tocantins, produção de arroz e soja em nome da Companhia Brasileira Agropecuária (Cobrape), R$ 53 milhões. Um jornal português observava, em 2015[12], que os bens já tinham sido vendidos.

Maio de 2018. A Agrícola Ribeirão do Atalho, de Jovelino e Bento Mineiro, continua atuante em Botucatu. Do outro lado da Rodovia Castelo Branco, no rumo para Pardinho, a Central Bela Vista – empresa que pertencia a Jovelino Mineiro – foi vendida para um grupo holandês. As terras da nova sede da Bela Vista são contíguas às da Goytacazes Participações, de Fernando Henrique Cardoso, Beatriz, Luciana e Paulo Henrique Cardoso.

Janeiro de 2019. O jornal português Correio da Manhã informa que, a pedido do Ministério Público de Portugal, o Superior Tribunal de Justiça (STJ) arrestou 416 imóveis do grupo Espírito Santo no Brasil[13]. Isto diante de acusações de gestão fraudulenta, falsidade documental, estelionato, lavagem de capitais e crimes contra o sistema financeiro. Entre os acusados, Ricardo Abecassis e Ricardo Salgado. Imprensa brasileira não repercute.

---

11 DIÁRIO DE NOTÍCIAS. MP arrestou mais de 300 milhões do Grupo Espírito Santo no Brasil. Disponível em: https://www.dn.pt/portugal/interior/mp-arrestou-mais-de-300-milhoes-do-grupo-espirito-santo-no-brasil-5540728.html. Acesso em 10 de junho. 2019

12 IDEALISTA NEWS. Arranha-céus do GES em Miami à venda (bem como outros ativos dos Espírito Santo). Disponível em: https://www.idealista.pt/news/imobiliario/empresas/2015/04/21/27025-arranha-ceus-do-ges-em-miami-a-venda-bem-como-outros-ativos-dos-espirito-santo. Acesso em 17 de maio. 2019

13 CM NEWS. 416 imóveis arrestados ao Grupo Espírito Santo no Brasil. Disponível em: https://www.cmjornal.pt/exclusivos/detalhe/416-imoveis-arrestados-ao-grupo-espirito-santo-no-brasil?ref=HP_Grupo1. Acesso em 12 de junho. 2016

Emílio, Jovelino e advogado de FHC compõem a direção do Masp

Esses e outros personagens da série sobre Fernando Henrique Cardoso circulam pelos conselhos e presidências de entidades importantes da cultura e da filantropia paulistana

O empreiteiro Emílio Odebrecht e o pecuarista Jovelino Mineiro, chamado carinhosamente pelo ex-presidente de Nê, estão entre os 41 associados do Museu de Arte de São Paulo (Masp). O próprio Fernando Henrique Cardoso, não. Mas seu advogado José de Oliveira Costa, até 2018, sim. Fundador, sócio e antigo diretor da Fundação FHC, ele era também patrono e membro do Conselho Deliberativo. Após a publicação da série "FHC, o Fazendeiro", naquele ano, não mais.

Vários dos personagens desta trama estão à frente de decisões importantes sobre o mundo da cultura e da filantropia em São Paulo. FHC, por exemplo, é o presidente de honra da Fundação Osesp, da Orquestra Sinfônica do Estado de São Paulo. Ele também faz parte do Conselho de Nomeação, ao lado de Pedro Moreira Salles (Itaú/Unibanco), Celso Lafer, Horácio Lafer Piva[14] (Klabin) e José Ermírio de Moraes Neto[15] (Votorantim).

Foi na Sala São Paulo que FHC comemorou seus 80 anos, em 2011. A festa foi organizada por Clóvis Carvalho[16]. Lá estavam os

---

14 GLAMURAMA. Aniversário FHC. Disponível em: https://glamurama.uol.com.br/galeria/aniversario-fhc-75003/#5. Acesso em 25 de maio. 2019

15 GLAMURAMA. Aniversário FHC. Disponível em: https://glamurama.uol.com.br/galeria/aniversario-fhc-75003/#8. Acesso em 25 de maio. 2019

16 BABY GARROUX. 80 anos do ex-presidente Fernando Henrique Cardoso bem

filhos Paulo Henrique, Beatriz e Luciana Cardoso, Jovelino Mineiro e família, Lafer, Piva e, entre outros, Marcelo Odebrecht[17] – hoje em prisão domiciliar, condenado por corrupção, lavagem de dinheiro e associação criminosa. "Essa é uma noite para os meus amigos", discursou Fernando Henrique, antes de cumprimentar cada um deles. "E, na minha idade, a gente dá muito valor às amizades".

MEMBROS DA FUNDAÇÃO TÊM VIDA CULTURAL ATIVA

Dono da cadeira 14 da Academia Brasileira de Letras, Celso Lafer também estava no aniversário do amigo, proprietário desde 2013 da cadeira 36 – FHC ocupa uma vaga que já foi do liberal José Guilherme Melquior. Assim como Horácio Lafer Piva, Lafer é um dos sócios da gigante de celulose Klabin. Ele, Piva, Lafer e Jovelino Mineiro estão entre os dez conselheiros não-vitalícios da Fundação FHC[18]. O pai de Horácio Lafer Piva, ex-senador Pedro Piva (PSDB-SP), foi um dos que prestigiaram, em novembro de 2002, o jantar no Palácio do Alvorada que angariou recursos para o Instituto Fernando Henrique Cardoso. Sob a batuta de Jovelino Mineiro.

Um dos membros do Conselho da Fundação Osesp é Eduardo Graeff, ex-assessor especial de Fernando Henrique Cardoso e ex-secretário-geral da Presidência. Ele já esteve na Fundação FHC – então iFHC – para falar de questão agrária[19]. Outro integrante do conselho da Orquestra Sinfônica é Pérsio Arida, um dos idealizadores do Plano Real, que presidiu o Banco

---

comemorados!!!... Disponível em: https://babygarroux.blogspot.com/2011/06/80-anos-do-ex-presidente-fernando.html. Acesso em 25 de maio. 2019

17 GLAMURAMA. Aniversário FHC. Disponível em: https://glamurama.uol.com.br/galeria/aniversario-fhc-75003/#7. Acesso em 25 de maio. 2019

18 FUNDAÇÃO FHC. Disponível em: https://fundacaofhc.org.br/instituto/organizacao/conselhos-e-diretoria/. Acesso em 25 de maio. 2019

19 FUNDAÇÃO FHC. Questão Agrária. Disponível em: https://fundacaofhc.org.br/iniciativas/questao. Acesso em 25 de maio. 2019

Central e o Banco de Desenvolvimento Econômico e Social (BNDES) entre 1993 e 1995.

Outro membro-chave do governo FHC, Clóvis de Barros Carvalho, é o diretor executivo da Poiesis[20] – Instituto de Apoio à Cultura, à Língua e à Literatura. A entidade criada em 1995 – quando ele era ministro-chefe da Casa Civil, antes de chefiar o Ministério do Desenvolvimento – é uma Organização Social (OS) que executa políticas públicas na área cultural para o governo paulista. Por exemplo, para a Casa das Rosas (Espaço Haroldo de Campos de Poesia) e Museu Casa Guilherme de Almeida.

O antecessor de Carvalho na pasta do Desenvolvimento foi Celso Lafer, que depois seria chanceler entre 2001 e 2003. O Conselho de Administração da Poiesis é presidido por Mary Macedo de Camargo Neves Lafer, professora universitária e mulher de Lafer. Este, por sua vez, preside ainda o Conselho Deliberativo do Museu Lagar Segall[21], um órgão federal ligado ao Ministério da Cultura. E é um dos integrantes do Conselho Fiscal da Associação Cultural de Amigos do Lasar Segall.

A Poiesis recebeu R$ 66 milhões[22] da Secretaria de Estado da Cultura, entre 2011 e 2016, durante o governo tucano de Geraldo Alckmin, conforme reportagem dos Jornalistas Livres, coletivo que se baseou em um processo no Tribunal de Contas do Estado[23]. Em 2015, o TCE Considerou irregular a dispensa de licitação em contrato para as Fábricas de Cultura, na época em que a secretaria era comandada

---

20 POIESIS. Disponível em: http://www.poiesis.org.br/new/poiesis/diretoria.php. Acesso em 25 de maio. 2019

21 MUSEU LAGAR SEGALL. Disponível em: http://www.poiesis.org.br/new/poiesis/diretoria.php. Acesso em 25 de maio. 2019

22 JORNALISTAS LIVRES. Tribunal de Contas questiona salários de R$ 12.480 a seguranças de Fábricas de Cultura da Poiesis, dirigida por Clóvis Carvalho, ex ministro de FHC. Disponível em: https://jornalistaslivres.org/poiesis-na-mira-do-tribunal-de-contas/. Acesso em 25 de maio. 2019

23 TRIBUNAL DE CONTAS DO ESTADO DE SÃO PAULO. Disponível em: http://www4.tce.sp.gov.br/sites/tcesp/files/2017_11_29_pleno_39so.pdf. Acesso em 25 de maio. 2019

por outro tucano de bico amplo, Andrea Matarazzo, ministro-chefe da Secretaria de Comunicação (1999-2001) no governo FHC.

ELES TAMBÉM ESTÃO NO CIRCUITO DA FILANTROPIA

A Associação de Assistência à Criança Deficiente (AACD) tem como um de seus oito vice-presidentes a conselheira Maria do Carmo Abreu Sodré Mineiro[24], casada com Jovelino Mineiro, frequentadora do Palácio da Alvorada durante os governos de Fernando Henrique Cardoso e chamada pelo ex-presidente de Carmo. Em 2014, seu primo Carlos Roberto de Abreu Sodré fazia parte do conselho[25]. Antes, o próprio Jovelino.

Ainda em 2014, a instituição patrocinada pela Bradesco, Riachuelo e Votorantim, entre outras empresas, tinha também em seu conselho nomes como Beatriz Monteiro de Carvalho, da família acionista da Klabin, Horácio Lafer Piva, Luiz Fernando de Abreu Sodré Santoro (ex-senador), Gustavo Krause (ministro do Desenvolvimento Urbano no primeiro governo FHC), Olavo Egydio Setubal Jr e Pedro Moreira Salles, ambos do Itaú Unibanco.

Em junho de 2013, o shopping JK Iguatemi, em São Paulo, recebeu um jantar beneficente da Oscip Artesanato Solidário (Artesol)[26], fundada por Ruth Cardoso como um projeto de combate à pobreza no Nordeste e que hoje forma artesãos para o empreendedorismo. Estavam presentes Fernando Henrique, Jovelino Mineiro e Johnny Saad[27], da Band, entre outros.

---

24 AACD. Disponível em: https://aacd.org.br/conselho-e-diretoria/. Acesso em 25 de maio. 2019

25 AACD. Disponível em: https://aacd.org.br/wp-admin/images/ Relat%C3%B3rio%20de%20Atividades%20AACD%202014%20interativo.pdf. Acesso em 25 de maio. 2019

26 ARTESOL. Disponível em: http://artesol.org.br/quem-somos

27 FOLHA DE S. PAULO. Banqueiros e empresários vão a jantar beneficente. Disponível em: https://fotografia.folha.uol.com.br/galerias/17244-banqueiros-e-empresarios-vao-a-jantar-beneficente#foto-292023. Acesso em 25 de maio. 2019

Fazem parte do Conselho Fiscal da Artesol três Marias. Uma delas, a socióloga Malu Bresser Pereira. Outra, Maria Cecília Oliva Perez, casada com Luiz Fernando Perez, fundador da Recepta Biopharma, uma sociedade com Jovelino Mineiro e Emílio Odebrecht. A terceira, Maria do Carmo Abreu Sodré Mineiro, a Carmo.

NO CONSELHO DO MASP, ELITE ECONÔMICA E CULTURAL

Primo de Maria do Carmo, Carlos de Abreu Sodré faz parte da família do ex-governador biônico Roberto de Abreu Sodré. Ele também é um dos 41 associados do Masp, assim como Jovelino Mineiro e Emílio Odebrecht, Luiz Roberto Ortiz Nascimento (da Camargo Corrêa), Alfredo Egydio Setubal (mais um do Itaú) e o governador paulista João Doria.

O Conselho Deliberativo do Masp, presidido pelo patrono benemérito Alfredo Setubal, tem entre os 76 membros o empresário Flávio Rocha, o apresentador Luciano Huck e Henrique Meirelles (MDB), ex-ministro da Fazenda. Entre outros nomes, como José Roberto Marinho, da Globo, Olavo Egydio Setubal Junior, do Itaú, e Ricardo Steinbruch, da CSN. Até o ano passado, o advogado de Fernando Henrique fazia parte dessa lista.

Luiz Nascimento, delator da Lava Jato, e Benjamin Steinbruch, irmão de Ricardo, estão entre os empresários que, em 2002, participaram – assim como o falecido senador Pedro Piva – do jantar de arrecadação para o iFHC, no Palácio da Alvorada, Os dois representantes do Bradesco no jantar, o agora nonagenário Lázaro Brandão e Márcio Cypriano, também foram conselheiros do Masp.

O Conselho de Administração da Sociedade de Cultura Artística[28], por sua vez, conhecida pelo teatro na Rua Nestor Pestana, no centro de São Paulo, traz de novo o nome de Henrique Meirelles,

---

28 CULTURA ARTÍSTICA. Disponível em: http://www.culturaartistica.com.br/apoie/amigos-da-cultura-artistica/lista-amigos-cultura-artistica/. Acesso em 25 de maio. 2019

além de outros personagens conhecidos da era FHC, como Henri Philippe Reichstul, presidente da Petrobras entre 1999 e 2001, e Pedro Parente, presidente da Petrobras durante o governo Temer, ex-CEO da Bunge, presidente do conselho de administração da BRF e ministro de várias pastas (Casa Civil, Planejamento e Minas Energia) dos governos Fernando Henrique Cardoso.

A lista de mecenas e mantenedores do Cultura Artística traz novamente Reichstul (mais um dos dez membros não-vitalícios da Fundação FHC) e Meirelles. Também costumam figurar entre os financiadores do teatro os banqueiros Lázaro Brandão, Olavo Setúbal e o economista José Roberto Mendonça de Barros[29], secretário de Política Econômica do Ministério da Fazenda entre 1995 e 1998, um dos envolvidos (assim como o irmão, Luiz Carlos) no episódio que ficou conhecido como "grampo do BNDES". E, mais uma vez, Jovelino Mineiro, o Nê, e Maria do Carmo, a Carmo.

Mineiro também costuma ser patrono da Festa Literária Internacional de Paraty, a Flip, assim como a mulher Maria do Carmo e o filho Bento Mineiro. Em 2010, foi patrono ouro, com doação de R$ 25 mil. Naquele ano ele aterrissou na cidade histórica em avião particular, acompanhado de um amigo muito querido: Fernando Henrique Cardoso. Mônica Bergamo contou que o ex-presidente ficou hospedado na casa de Roberto Irineu Marinho, um dos donos da Globo[30].

DISPUTA POR PICASSO ENVOLVE UMA ABREU SODRÉ

Uma disputa sobre um quadro de Pablo Picasso envolve uma cunhada de Jovelino Mineiro, Anna Maria Mellão de Abreu Sodré Civita. Vários processos relativos a ela são defendidos por um time de advogados comandado por José de Oliveira Costa,

---

29 CULTURA ARTÍSTICA. Temporada 2019. Disponível em: http://www. culturaartistica.com.br/wp-content/uploads/2019/04/Antuerpia_programa.pdf. Acesso em 12 de junho. 2019

30 FOLHA DE S. PAULO. FHC FERVE NA FLIP. Disponível em: https://www1. folha.uol.com.br/fsp/ilustrad/fq0608201008.htm. Acesso em 12 de junho. 2019

o advogado de Mineiro e FHC – às vezes, por sua sócia Andrea Ferraz do Amaral. Em um deles, uma disputa entre Anna Maria e o empresário e pecuarista Julio Rego Filho, quem aparecia como interessado era o próprio Jovelino Mineiro[31].

Julio Rego comprou em 2009 na Christie's – uma das maiores empresas de arte do mundo – um quadro atribuído a Pablo Picasso, "Le Mangeur de Pasteque"[32] (de uma sequência de quadros desenhada em 1967 pelo pintor espanhol, cada um avaliado, hoje, em US$ 250 mil), e contesta sua originalidade. Ele também alega na Justiça que queria outro quadro, "Homme à la Tranche de Pasteque", com o mesmo tema: "pasteque", melancia. O processo foi aberto em 2017 e ainda corre na justiça paulista. À espera de laudo.

Um dos associados do Masp, Jovelino Mineiro é também um colecionador de obras de arte. Um dos artistas plásticos que têm obras em seu acervo é José Roberto Aguilar[33], diretor da Casa das Rosas entre 1995 e 2003.

Boa parte dos personagens mencionados acima também estava na festa de 80 anos do maestro Fernando Henrique Cardoso, em 2011, na Sala São Paulo, além dos mencionados Marcelo Odebrecht, Clóvis Carvalho, famílias Mineiro e Lafer. A Camargo Corrêa foi representada por Luiz Roberto Ortiz Nascimento e sua mulher, Renata Camargo Nascimento, e por Rosana Camargo de Arruda Botelho.

Também estiveram na Sala São Paulo os amigos Andrea Matarazzo, Aécio Neves, José Serra, André Esteves, do BTG Pactual, e o ministro Marco Aurélio Mello, do Supremo Tribunal

---

31 ESCAVADOR. Disponível em: https://www.escavador.com/processos/71256235/processo-2222406-0720178260000-do-diario-de-justica-do-estado-de-sao-paulo?ano=2017#movimentacao-280749404. Acesso em 25 de maio. 2019

32 CHRISTIES. Disponível em: https://www.christies.com/lotfinder/Lot/pablo-picasso-1881-1973-homme-a-lagneau-mangeur-5938391-details.aspx. Acesso em 25 de maio. 2019

33 JOSÉ ROBERTO AGUILAR. Disponível em: https://joserobertoaguilar.com/CV. Acesso em 25 de maio. 2019

Federal (STF). Outro presente tanto no jantar de arrecadação da Fundação FHC como no aniversário de Fernando Henrique Cardoso foi o empresário Jorge Gerdau.

Uma linda correlação entre a arte e o dinheiro.

DE JOVELINO
À IMPRENSA

Jovelino Mineiro foi um dos fundadores do Terra Viva, da Band

Empresário chegou a ter as maiores cotas, após a família Saad, amiga de Fernando Henrique; pecuarista tem seus leilões divulgados pela emissora, que teve grupo português como sócio

Durante as comemorações dos 80 anos de Fernando Henrique Cardoso, em 2011, passaram pela Sala São Paulo o amigo Jovelino Mineiro e o empreiteiro Marcelo Odebrecht, Horácio Lafer Piva e Clóvis Carvalho, entre outros personagens recorrentes deste livro. Ali também esteve Johnny Saad[1], um dos donos da Band. Qual a relação entre FHC, a agropecuária e os donos dos meios de comunicação?

O canal Terra Viva, emissora especializada em agronegócio controlada pela Band, teve como sócios o pecuarista Jovelino Mineiro e os portugueses do grupo Espírito Santo – agora falido. Um dos entrevistados mais recorrentes do canal é Jovelino Mineiro. No dia 09 de abril de 2018, por exemplo, ele divulgou no canal da Band o leilão de gado da sua Fazenda Sant'Anna[2].

Quando morreu o pai de João Carlos (Johnny) Saad em 1999, o fundador da emissora João Jorge Saad[3], Fernando Henrique Cardoso deu seu depoimento: "João Saad foi uma pessoa que fez um trabalho importante em São Paulo, sobretudo com relação a mim, numa relação pessoal e muito forte, muito grande".

---

1 GLAMURAMA. Disponível em: https://glamurama.uol.com.br/galeria/aniversario-fhc-75003/#23. Acesso em 25 de maio. 2019

2 TV TERRA VIVA. Disponível em: shorturl.at/hjuF8

3 FOLHA DE S. PAULO. Dispomível em: https://www1.folha.uol.com.br/fsp/ilustrad/fq1110199923.htm. Acesso em 25 de maio. 2019

No ano seguinte, em junho de 2000, o então presidente da República vendia touros brangus em Rancharia (SP), na Fazenda Sant'Anna, de Jovelino Mineiro. Como vimos na seção "De FHC a Jovelino", os touros tinham sido produzidos em parceria com a Central Bela Vista, empresa do pecuarista em Botucatu (SP).

Entre os outros expositores daquele leilão estava Johnny Saad, criador de gado na Fazenda Ponte Nova, em São Luís do Paraitinga (SP) – onde ele registra uma de suas empresas, a Omahaus Produções. A fazenda é vizinha de uma das propriedades da Suzano Papel e Celulose.

Saad também é amigo de Jovelino Mineiro, a eminência agrária de Fernando Henrique Cardoso. Em perfil do pecuarista publicado em 2014 pelo Valor[4], Johnny Saad avaliou-o da seguinte forma: "Ele não gosta do palco. Ele trabalha muito bem no bastidor".

Os touros de Fernando Henrique vendidos em Rancharia tinham sido produzidos na Fazenda Córrego da Ponte, em Buritis (MG), até 1998 uma sociedade com o ministro das Comunicações de seu primeiro governo, Sérgio Motta. Depois a fazenda passou para o nome de Jovelino Mineiro e das filhas de FHC, Beatriz e Luciana Cardoso.

Em dezembro de 1994, como mostra no início de seu "Diários da Presidência"[5], Fernando Henrique contou que, antes de escolher Motta como ministro, teve contato em Brasília "tanto com a Globo quanto com os principais chefes de comunicação do Brasil":

– O Roberto Civita veio aqui, o Roberto Irineu, mais o João Roberto, o Zé Roberto, todos falaram comigo esse tempo todo, falei com o pessoal da Bandeirantes.

---

4 AVICULTURA INDUSTRIAL. Um discreto líder rural pragmático e afeito à inovação. Disponível em: https://www.aviculturaindustrial.com.br/imprensa/um-discreto-lider-rural-pragmatico-e-afeito-a-inovacao/20140310-090727-l699. Acesso em 25 de maio. 2019

5 CARDOSO, Fernando Henrique (Ed.). Diários da presidência: volume 2 (1997-1998). São Paulo: Companhia das Letras, 2016.

Mas nenhum deles, garantiu o ex-presidente, influenciou sua decisão. "Roberto Marinho está pensando em outras coisas, não no ministério".

CANAL TEVE PECUARISTAS COMO SÓCIOS

Jovelino Mineiro e Johnny Saad foram fundadores, em 2005, do Terra Viva, canal de defesa do agronegócio em São Paulo ligado à Band e transmitido também pelo UOL. O pecuarista já foi entrevistado muitas vezes pelo programa. Por exemplo, para divulgar os eventos em Rancharia[6]. Vários leilões na Fazenda Sant'Anna[7] – aqueles com FHC foram anteriores à criação da emissora – foram transmitidos pelo canal. Por exemplo, em 2009[8], 2012[9], 2013[10], 2014[11], 2016[12] e 2017[13].

O filho Bento Mineiro[14], da Sociedade Rural Brasileira, que cresceu visitando o Palácio da Alvorada e assoprando velinhas

---

6 FAZENDA SANT'ANNA. Entrevista concedida ao Canal Terra Viva durante a ExpoZebu 2009 - Sobre o site da Fazenda Sant'Anna. (2009) Disponível em: shorturl.at/DFGXY . Acesso em 25 de maio. 2019

7 FAZENDA SANT'ANNA. Entrevista concedida ao Canal Terra Viva durante a ExpoZebu 2009 - Sobre o site da Fazenda Sant'Anna. (2009) Disponível em: shorturl.at/hqwPT. Acesso em 25 de maio. 2019

8 FAZENDA SANT'ANNA. Entrevista concedida ao Canal Terra Viva durante a ExpoZebu 2009. Disponível em: shorturl.at/bhoPQ. Acesso em 25 de maio. 2019

9 BOL. Tartesal: Terraviva exibe o 23ª edição do Leilão da Fazendo. Disponível em: shorturl.at/efnAN. Acesso em 25 de maio. 2019

10 FAZENDA SANT'ANNA. LOTE 14 24° Leilão Virtual de Fêmeas Fazenda Sant'Anna (2013). Disponível em: shorturl.at/qtOY1. Acesso em 25 de maio. 2019

11 UOL. Acontece neste domingo o 25o leilão da Fazenda Sant'Anna. Disponível em: shorturl.at/yCET5. Acesso em 25 de maio. 2019

12 FAZENDA SANT'ANNA. Jovelino Mineiro fala sobre o 27º leilão Fazendas Sant'Anna ao programa Terra Viva. Disponível em: shorturl.at/foCY0. Acesso em 25 de maio. 2019

13 TV UOL. Terraviva transmite neste domingo o leilão fazenda sant'anna. Disponível em: shorturl.at/opqwF. Acesso em 25 de maio. 2019

14 FAZENDA SANT'ANNA. 27o Leilão Fazenda Sant'Anna. Confira a entrevista de

durante os aniversários de Fernando Henrique, também costuma ganhar espaço no Terra Viva.

Em abril de 2018, um seminário sobre agronegócio realizado pela Fundação FHC também foi divulgado pelo canal da Band, nesta reportagem: "Agronegócio brasileiro conquista posição de destaque mundialmente"[15]. O pecuarista Pedro de Camargo Neto, da Rural, foi um dos debatedores. Ele foi secretário de Produção e Comercialização do Ministério da Agricultura entre 2001 e 2002, durante o governo Fernando Henrique.

O nome jurídico do Terra Viva é Companhia Rio Bonito Comunicações, criada em 2003, que já teve Saad como presidente e Jovelino como diretor. Em 2012[16], o pecuarista ainda era um dos principais acionistas, com 27,75% das ações, por meio da Ouro Preto Participações. É a mesma empresa por meio da qual ele é sócio de Emílio Odebrecht na Recepta Biopharma.

Os outros acionistas no fim de 2012 eram a Newco (Band), com 32,25%, Esap Brasil Agro-Pecuária (da família Espírito Santo), com 10%, Pecuária Damha Ltda (de Anwar Damha), com 10%, W/Realty Assessoria e Serviços Empresariais (do empresário Washington Cinel), com 10%, e OS Assessoria e Planejamento Empresarial (de José Carlos Bumlai), com 10%. Todos, exceto a Band, abandonaram a sociedade em 2015.

Mais conhecido como "amigo de Lula", embora seu trânsito político seja bem mais amplo, José Carlos Bumlai esteve preso entre 2016 e 2017. Em 2019, foi condenado novamente pelo juiz Sérgio Moro na Operação Lava Jato. Em capítulo anterior esmiuçamos as relações entre o grupo português Espírito Santo, Jovelino Mineiro

---

Bento Miniero ao programa Dia a Dia Rural. Disponível em: shorturl.at/mnow3. Acesso em 25 de maio. 2019

15 TV TERRA VIVA. Disponível em: https://tvterraviva.band.uol.com.br/videos/ultimos-videos/16432738/agronegocio-brasileiro-conquista-posicao-de-destaque-mundialmente.html. Acesso em 25 de maio. 2019

16 VALOR ECONÔMICO. Disponível em: https://www.valor.com.br/sites/default/files/upload_element/02-07_rio_bonito_balanco_p.pdf. Acesso em 25 de maio. 2019

– que já foi sócio deles numa empresa em Botucatu (SP) – e com Fernando Henrique Cardoso.

XICO GRAZIANO E OS 'IDEAIS DE FHC'

Um dos comentaristas do Terra Viva, o tucano Xico Graziano, é uma das principais vozes midiáticas em defesa do agronegócio. Ele era o diretor-executivo do Observador Político, uma organização - hoje morta por inanição - criada com base nos "ideais de Fernando Henrique Cardoso", para a divulgação do pensamento do ex-presidente.

O agrônomo Graziano presidiu o Instituto Nacional de Colonização e Reforma Agrária (Incra) em 1995, no primeiro mandato de Fernando Henrique, e foi secretário de Estado da Agricultura (governo Covas) e do Meio Ambiente (governo Serra). Ele coordenou as redes sociais durante a campanha do tucano Aécio Neves à Presidência da República, em 2014.

Xico Graziano é pai de Daniel Graziano, gerente administrativo, financeiro e de recursos humanos da Fundação FHC. Daniel ficou conhecido em 2014, acusado de espalhar boatos contra o ex-presidente Luiz Inácio Lula da Silva. É que um internauta tinha postado o boato no site do Observador Político. "Não foi ele que fez, não postou nada, não fez nada, não virou processo", contou Xico, em 2015, à Agência Pública[17].

Um dos proprietários da Band, Paulo Saad Jafet – primo de João Carlos Saad – é um dos patronos do Museu de Arte de São Paulo (Masp). No capítulo anterior contamos que, entre os associados do museu, juridicamente uma associação privada fundada em 1971, estão Jovelino Mineiro e Emílio Odebrecht.

---

17 AGÊNCIA PÚBLICA. "Graziano: Todo mundo usa fake" Disponível em: https://apublica.org/2015/06/todo-mundo-usa-fake. Acesso em 24 de maio. 2019

Cunhada de pecuarista é casada com Richard Civita

Maria do Carmo Mineiro e Anna Maria de Abreu Sodré Civita são herdeiras das terras do ex-governador Abreu Sodré, donas do "apartamento de Paris"

As famílias Abreu Sodré e Civita encontram-se no interior paulista a partir da cunhada de Jovelino Mineiro, o consultor agrário de Fernando Henrique Cardoso. Anna Maria Mellão de Abreu Sodré Civita é casada com um dos antigos donos da Abril, Richard Civita – hoje morando nos Estados Unidos. Uma das fazendas da família, a Jamaica, já foi utilizada por mais de um governo – inclusive o de Fernando Henrique Cardoso – para receber chefes de Estado e militares.

Apaixonado por animais, Richard Civita mudou-se para Miami, em 2016, com 12 cavalos e 78 animais domésticos. Responde, hoje, em suas empresas, por meio de um procurador, seu filho Roberto de Abreu Sodré Civita, o Bob. O site Glamurama[18], no UOL, informou na época que, entre os 90 cães e gatos embarcados naquela "arca de Noé 2.0", 23 moravam com Richard em São Paulo; os demais, em sua fazenda.

O histórico da família Abreu Sodré foi decisivo na opção de Jovelino Carvalho Mineiro Filho pelas atividades agropecuárias. Como mostramos na seção sobre a família do ex-governador, as propriedades do clã foram determinantes para compor a face agrária de Fernando Henrique Cardoso.

---

18 GLAMURAMA. De mudança para Miami, Richard Civita vai levar com ele 90 animais. Disponível em: https://glamurama.uol.com.br/de-mudanca-para-miami-richard-civita-vai-levar-com-ele-90-animais . Acesso em 25 de maio. 2019

Anna Maria Mellão de Abreu Sodré Civita e Maria do Carmo de Abreu Sodré Mineiro são as duas filhas do ex-governador paulista. Elas são defendidas pelo escritório de José de Oliveira Costa, que até 2018 dividia a diretoria da Fundação FHC – ele ainda é um dos dez membros não-vitalícios – com Beatriz Cardoso, a filha caçula de Fernando Henrique.

O escritório Costa, Mello Advogados, na Rua Peixoto Gomide, no bairro dos Jardins, em São Paulo, é responsável também por causas envolvendo o pecuarista Jovelino Mineiro e suas empresas – como aqueles relativos à Fazenda Sant'Anna, multiplicada em municípios de São Paulo, Paraná e Minas Gerais. E também a família Abreu Sodré.

O famoso "apartamento de FHC" em Paris – utilizado hoje pelo filho caçula de Fernando Henrique, Artur Dutra – sempre pertenceu, segundo o próprio ex-presidente, à viúva do ex-governador, Maria do Carmo Pinho Mellão de Abreu Sodré, mãe de Anna Maria Abreu Sodré Civita e Maria do Carmo Abreu Sodré Mineiro. O escritório de Costa tem a responsabilidade de acompanhar o inventário da viúva e, consequentemente, a partilha para as filhas.

ENTRE OS MELLÃO, BRIDGE COM JUSTUS E SAFRA

Maria do Carmo Mineiro é uma das integrantes do Conselho Fiscal da Artesol[19], Organização Social de Interesse Público fundada pela antropóloga Ruth Cardoso (1930-2008), casada durante 55 anos com FHC. Carmo também se apresenta como fundadora da organização. Na lista de associados da Artesol aparecem sobrenomes conhecidos da aristocracia paulistana, como o do político tucano Andrea Matarazzo e o da nonagenária Renata Cunha Bueno Mellão – irmã de Maria do Carmo Mellão.

---

19 ARTESOL. Disponível em: http://artesol.org.br/conteudos/visualizar/Conselheiros-e-Associados. Acesso em 25 de maio. 2019

Um dos filhos de Renata Mellão apareceu em uma reportagem da revista Época, de 2004[20], sobre doleiros. O caso envolvia até o presidente do Banco Central à época, Henrique Meirelles, ex-ministro da Fazenda e, em 2018, candidato a presidente pelo MDB. Um doleiro no centro de São Paulo movimentara US$ 195 milhões, a partir de um escritório frequentado por gente com muito dinheiro. O pecuarista Eduardo Cunha Bueno Mellão teria remetido US$ 400 mil aos Estados Unidos. Mas negou: "Não tenho contas no exterior".

Prima de Eduardo Mellão, Anna Maria Civita costumava jogar um carteado na Associação Paulistana de Bridge, nos Jardins, em São Paulo. Ali são realizadas competições – entre amadores – todas as tardes. A Veja SP[21] informou, em 2009, que entre os frequentadores assíduos estavam Janos Justus, pai do publicitário Roberto Justus, e o banqueiro bilionário Moise Safra – falecido em 2014, irmão de Joseph Safra. Anna Maria disputou até torneios internacionais.

Casado com Anna Maria, o empresário Richard Civita – um dos filhos de Victor Civita, o fundador da Abril – não teve tanta visibilidade como o irmão, Roberto Civita, morto em 2013. Já não estava na editora quando ela foi vendida, em dezembro de 2018[22]. Ele ainda é o responsável pela Editora Nova Cultural, a antiga Abril Cultural, empresa com capital social de R$ 56 milhões. É também o sócio da Cefrilog Serviços e Participações, nome atual da Quatro Rodas Empreendimentos Turísticos.

---

20 ÉPOCA. Os doleiros grã-finos. Disponível em: http://revistaepoca.globo.com/Revista/Epoca/0,,EMI45802-15223,00-OS+DOLEIROS+GRAFINOS.html. Acesso em 25 de maio. 2019

21 VEJA SP. São Paulo sedia o Campeonato Mundial de Bridge. Disponível em: https://vejasp.abril.com.br/cidades/sao-paulo-sedia-campeonato-mundial-de-bridge/. Acesso em 10 de junho. 2019

22 VALOR ECONÔMICO. Família Civita vende Abril e dá calote de R$ 1,6 bilhão. Disponível em: https://www.valor.com.br/empresas/6034021/familia-civita-vende-abril-e-da-calote-de-r-16-bilhao. Acesso em 12 de junho. 2019

Os hotéis Quatro Rodas – que levam o mesmo nome da revista da Abril – foram construídos no Nordeste com incentivos fiscais da Superintendência do Desenvolvimento do Nordeste (Sudene)[23]. Após uma reportagem do Estadão, no início dos anos 80, foi criada no Congresso uma CPI para investigar o uso desses recursos. Não deu em nada.

Entre os filhos de Anna Maria Mellão e Richard Civita estão Roberto e Ricardo Abreu Sodré Civita. Está em nome dos três a empresa Jamaica Agricultura e Pecuária Ltda, em Arandu (SP), na estrada entre os municípios de Cerqueira César e Avaré, este último o quartel-general da família Abreu Sodré.

ENCONTRO DE MILITARES NUMA FAZENDA PRIVADA

Richard Civita e o filho Bob têm uma paixão em comum (a mesma do avô de Bob, o ex-governador Roberto de Abreu Sodré): cavalos. Especialmente os da raça quarto de milha. Foram os dois que criaram, por exemplo, Maravilha Moon[24], uma pura alazã nascida em 1991. (Não sabemos se ela foi uma entre os doze equinos que embarcaram para Miami com Civita, em 2016. O proprietário, a rigor, era Bob.)

Bob Civita não deve ser confundido com o tio homônimo. Ele se casou em 2002 – em um casarão no Jardim América – com Nina Sander[25], filha de Lisabeth Guper Sander – dona de 5,42% da Suzano Celulose. Isso foi em maio. Em dezembro daquele mesmo ano um dos controladores da empresa, David Feffer (18% das ações), participaria do jantar, no Palácio Alvorada, destinado

---

23 REDE BRASIL ATUAL. Família Civita já passou por CPI para explicar corrupção do Grupo Abril. Disponível em: https://www.redebrasilatual.com.br/blogs/2012/05/familia-civita-ja-passou-por-cpi-para-explicar-escandalo-de-corrupcao-do-grupo-abril/. Acesso em 25 de maio. 2019

24 SERVICOS ONLINE. Disponível em: http://servicosonline.abqm.com.br/animais/detalhes/170997. Acesso em 25 de maio. 2019

25 FOLHA DE S. PAULO. VÉU. Disponível em: https://www1.folha.uol.com.br/fsp/ilustrad/fq2205200206.htm. Acesso em 25 de abril. 2019

a angariar fundos para o instituto – hoje fundação – Fernando Henrique Cardoso.

Bob Civita é o dono do Haras Pirata, na Fazenda Jamaica, em Arandu. Foi nessa fazenda que, em 1995 (primeiro ano do governo FHC), as cúpulas das Forças Armadas do Brasil e da Argentina se encontraram – como informa o próprio Fernando Henrique no primeiro volume de seu "Diários da Presidência". O fim de semana foi monitorado por Maria do Carmo de Abreu Sodré Mineiro – filha do dono, o ex-governador Roberto de Abreu Sodré, na época com 78 anos.

No dia 08 de abril de 1988, os presidentes José Sarney e Raúl Alfonsín também se encontraram ali, na fazenda de 2 mil alqueires (ou 4.840 hectares). Abreu Sodré era o ministro das Relações Exteriores. O Jornal do Brasil[26] relatou que o presidente argentino assistiu naquele dia a um desfile de 4.500 touros e 1450 cavalos. Era a primeira vez que ele via um cafezal – e esse tinha 1,5 milhão de pés de café. Alfonsín resumiu: "Estou impressionado".

Quase 30 anos depois, em janeiro, o jornalista Paulo Moreira Leite[27] analisou a reverência que Roberto Civita – o irmão de Richard – tinha por Fernando Henrique Cardoso. A descrição está na biografia que o colega Carlos Maranhão fez do dono da Abril: "Civita – O dono da banca". Em 1994, eleito FHC, Civita folheou a Veja devagar, "saboreando na primeira olhada as linhas gerais das matérias sobre a vitória do candidato – o seu candidato".

Maranhão contou que, em 2001, Roberto Civita registrou da seguinte forma – entre o latim e o inglês – uma ligação telefônica que ele recebera do presidente e o contexto em que ela ocorreu: "Coitus interruptus: FHC phone call".

---

26 JORNAL DO BRASIL. Disponível em: http://memoria.bn.br/pdf/030015/per030015_1988_00362.pdf. Acesso em 25 de maio. 2019

27 BRASIL 247. Civita - Anti-Lula sempre foi pró-FHC. Disponível em: https://www.brasil247.com/pt/blog/paulomoreiraleite/274128/Civita-anti-Lula-sempre-foi-pr%C3%B3-FHC.htm Acesso em 25 de maio. 2019

IMAGENS

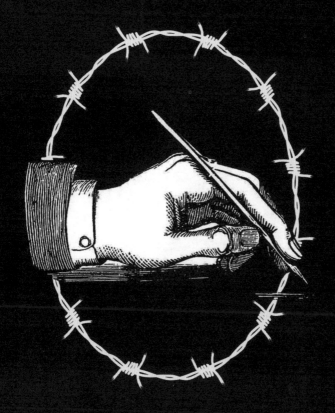

O canavial de Fernando Henrique Cardoso e filhos se estende em área de mananciais em Botucatu (SP). (Foto: Vanessa Nicolav/Pavio-DeOlhoNosRuralistas)

*À esquerda, a empresa Central Bela Vista, vendida por Jovelino Mineiro a um grupo holandês; à direita, o canavial de seu compadre, FHC.
(Foto: Vanessa Nicolav/Pavio-DeOlhoNosRuralistas)*

Essa fazenda ao lado tem o mesmo nome de uma das propriedades compradas pela Goytacazes Participações. Mas a dos Cardoso não tem placa. (Foto: Vanessa Nicolav/Pavio-DeOlhoNosRuralistas)

Nem placa, nem nada. Apenas cana. As cercas que existem são as de espaços vizinhos, como a Cachoeira Véu da Noiva e a Central Bela Vista. (Foto: Vanessa Nicolav/Pavio-DeOlhoNosRuralistas)

Página nº 05

1º Oficial de Registro de Imóveis da Comarca de Botucatu - SP

MATRÍCULA	FICHA	LIVRO N.º 2	REGISTRO GERAL	BOTUCATU - SP		
28.854	03			27	abril	2012

Virginia de Lourdes Biagioni Tavares, Escrevente substituta

R.3- Protocolo nº 62.991, em 5/4/2012: Pela Escritura Pública de Inventário e Partilha referida na Av.2, dos bens deixados pelo falecimento de **Ivan Zarif**, ocorrido no dia 28/06/2011, sem deixar testamento, no estado civil de casado com Rosemay Maluf Zarif, verifica-se que o imóvel objeto desta matrícula, avaliado em avaliado em R$ 2.339.627,31, foi **PARTILHADO** na proporção de 50% a **ROSEMAY MALUF ZARIF**, RG nº 2.004.038-SSP/SP, CPF nº 117.869.768-11, brasileira, viúva, comerciante, residente e domiciliada em São Paulo/SP, na Rua Cristóvão Diniz, nº 21, apto. 10; e, de 50% a **IVAN ZARIF JÚNIOR**, RG nº 8.365.225-5-SSP/SP, CPF nº 042.901.858-43, brasileiro, industrial, casado no regime da comunhão de bens, na vigência da Lei 6.515/77, conforme escritura de pacto antenupcial, registrada sob nº 4.238 - Livro 3-Auxiliar, do 14º Oficial de Registro de Imóveis de São Paulo/SP, com **ADRIANA MIGUEL FERES ZARIF**, RG nº 9.037.192-SSP/SP, CPF nº 063.544.988-90, brasileira, artista plástica, residentes e domiciliados em São Paulo/SP, na Rua Mariana Corrêa, nº 413.- Botucatu, 27 de abril de 2012.

Virginia de Lourdes Biagioni Tavares, Escrevente substituta

R.4- Protocolo nº 64.060, em 20/06/2012: Pela Escritura Pública lavrada aos 11 de junho de 2012, pelo 1º Tabelião de Notas e de Protesto de Letras e Títulos do Município e Comarca de Barueri/SP, às fls. 317/331 do Livro 655, os proprietários **Rosemay Maluf Zarif**; e, **Ivan Zarif Júnior** e sua mulher **Adriana Miguel Feres Zarif**, RG nº 9.037.192-6-SSP/SP, já qualificados, transmitiram o imóvel objeto desta matrícula, a título de **VENDA E COMPRA**, a **GOYTACAZES PARTICIPAÇÕES LTDA**, CNPJ nº 15.160.958/0001-17, com sede em Osasco/SP, na Rua Deputado Emílio Carlos, nº 696, Vila Campesina, pelo preço de R$ 3.603.050,00. Botucatu, 28 de junho de 2012.

Virginia de Lourdes Biagioni Tavares - Escrevente substituta

1º OFICIAL DE REGISTRO DE IMÓVEIS DA COMARCA DE BOTUCATU-SP

Protocolo nº 64.684 .

Certifico e dou fé que a presente cópia reprográfica foi extraída da matrícula nº 28854, na qual não há qualquer alteração relativa a alienação, ônus reais, ações reais ou pessoais reipersecutórias, além do que nela contém, nos termos do art. 19, §1º de Lei 8.015/73.

Prazo de validade de 30 dias para efeitos exclusivamente notariais. Nada mais.

Botucatu, 27 de junho de 2018.

Oficial	R$ 30,69
Estado	R$ 8,72
IPESP	R$ 5,97
Reg.Civil	R$ 1,62
Trib.Justiça	R$ 2,11
ISS	R$ 0,61
MP	R$ 1,47
TOTAL	**R$ 51,19**

Selos pagos por verbas
Emitido por ELZA
APARECIDA PRETO

Maria Clara da Silva Pinto Onório - Escrevente
Maria Regina Sacco Campos - Escrevente
Débora Franciele de Sá Toledo Piza - Escrevente
Regina Lucia Cândido - Escrevente
Michele T. F. dos Reis Guades Nunes - Escrevente

CONTINUA NO VERSO

A Fazenda Três Sinos, em Botucatu, foi comprada, em 2012,
por R$ 3,6 milhões. Na época o sócio-administrador era
Fernando Henrique Cardoso. Ela continua com a família.
(Imagem: 1º Oficial de Registro de Imóveis de Botucatu/Reprodução)

1º Oficial de Registro de Imóveis da Comarca de Botucatu - SP

MATRÍCULA	FICHA	LIVRO N.º 2	REGISTRO GERAL	BOTUCATU - SP		
28.850	02			27	abril	2012

Naturais do 34º Subdistrito - Cerqueira César, Município e Comarca de São Paulo/SP, matrícula nº 115303.01.55.2011.4.00065.273.0038814-09, verifica-se o falecimento de **Ivan Zarif**, ocorrido no dia 28/06/2011.- Botucatu, 27 de abril de 2012.

Virgínia de Lourdes Biagioni Tavares, Escrevente substituta

R.2- Protocolo nº 62.991, em 5/4/2012: Pela Escritura Pública de Inventário e Partilha referida na Av.1, dos bens deixados pelo falecimento de **Ivan Zarif**, ocorrido em 28/06/2011, sem deixar testamento, no estado civil de casado com Rosemay Maluf Zarif, verifica-se que o imóvel objeto desta matrícula, avaliado em avaliado em R$ 449.999,85, foi **PARTILHADO** na proporção de **50%** a **ROSEMAY MALUF ZARIF**, RG nº 2.004.038-SSP/SP, CPF nº 117.869.768-11, brasileira, viúva, comerciante, residente e domiciliada em São Paulo/SP, na Rua Cristóvão Diniz, nº 21, apto. 10; e, de **50%** a **IVAN ZARIF JÚNIOR**, RG nº 8.365.225-5-SSP/SP, CPF nº 042.901.858-43, brasileiro, industrial, casado no regime da comunhão de bens, na vigência da Lei 6.515/77, conforme escritura de pacto antenupcial, registrada sob nº 4.238 - Livro 3-Auxiliar, do 14º Oficial de Registro de Imóveis de São Paulo/SP, com **ADRIANA MIGUEL FERES ZARIF**, RG nº 9.037.192-SSP/SP, CPF nº 063.544.988-90, brasileira, artista plástica, residentes e domiciliados em São Paulo/SP, na Rua Mariana Corrêa, nº 413.- Botucatu, 27 de abril de 2012.

Virgínia de Lourdes Biagioni Tavares, Escrevente substituta

R.3- Protocolo nº 64.060, em 20/06/2012: Pela Escritura Pública lavrada aos 11 de junho de 2012, pelo 1º Tabelião de Notas e de Protesto de Letras e Títulos do Município e Comarca de Barueri/SP, às fls. 317/331 do Livro 655, os proprietários Rosemay Maluf Zarif, e, Ivan Zarif Júnior e sua mulher **Adriana Miguel Feres Zarif**, RG nº 9.037.192-6-SSP/SP, já qualificados, transmitiram o imóvel objeto desta matrícula, a título de **VENDA E COMPRA**, a **GOYTACAZES PARTICIPAÇÕES LTDA**, CNPJ nº 15.160.958/0001-17, com sede em Osasco/SP, na Rua Deputado Emílio Carlos, nº 696, Vila Campesina, pelo preço de R$ 642.950,00. Botucatu, 28 de junho de 2012.

Virgínia de Lourdes Biagioni Tavares - Escrevente substituta

Av.4/28.850, em 29 de maio de 2018.
Pela Escritura Pública lavrada aos 29 de março de 2018, pelo Oficial de Registro Civil das Pessoas Naturais e Tabelião de Notas do Distrito de Rubião Júnior, Município de Botucatu-SP, às fls. 258/264 do livro 180, e conforme DIAC/DIAT de 2017; Certidão Negativa de Débitos Relativos ao Imposto sobre a Propriedade Territorial Rural, nº 1D5F.40E2.B439.9FD4, datada de 29/05/2018, expedidos pela Secretaria da Receita Federal; e Certificado de Cadastro de Imóvel Rural – CCIR de 2017, o imóvel objeto desta matrícula, encontra-se cadastrado na Receita Federal sob nº **8.386.091-6**, com a área de 241,3 ha; e no INCRA sob nº **629.065.004.227-1**, com a área de 591,7000; mód.rural 17,0290; n.mód.rurais 37,35; n.mód.fiscais 31,8017; e f.min.parc. 2,00. Detentor: Ivan Zarif, CPF nº 003.701.188-04

— CONTINUA NO VERSO —

A Fazenda Rio Pardo tinha sido comprada, também em 2012, por R$ 643 mil. Isso não impediu que fosse cedida à prefeitura de Botucatu em uma "desapropriação amigável". (Imagem: 1º Oficial de Registro de Imóveis de Botucatu/Reprodução)

Página nº 04

MATRÍCULA	FICHA
28.850	02
	VERSO

CONTINUAÇÃO

(Protocolo nº 85.651).

Michele T. F. dos Reis Guedes Nunes - Escrevente Substituta

R.5/28.850, em 29 de maio de 2018.
Pela Escritura Pública referida na Av.4, a proprietária GOYTACAZES PARTICIPAÇÕES LTDA, já qualificada, transmitiu o imóvel objeto desta matrícula, a título de DESAPROPRIAÇÃO AMIGÁVEL, ao MUNICÍPIO DE BOTUCATU, com sede na Praça Professor Pedro Torres, nº 100, Centro, em Botucatu-SP, CNPJ nº 46.634.101/0001-15, pelo valor de R$5,00. O imóvel objeto desta matrícula foi expropriado, por utilidade pública, para a finalidade específica de implantação da Represa Rio Pardo- Reservatório do Rio Pardo, destinada a abastecimento de água, com base no Decreto Lei nº 3.365/41 e processo administrativo 30.850/2017 (Protocolo nº 85.651).

Michele T. F. dos Reis Guedes Nunes - Escrevente Substituta

1º OFICIAL DE REGISTRO DE IMÓVEIS DA COMARCA DE BOTUCATU-SP

Protocolo nº 64.654 .

Certifico e dou fé que a presente cópia reprográfica foi extraída da matrícula nº 28850, na qual não há qualquer alteração relativa a alienação, ônus reais, ações reais ou pessoais reipersecutórias, além do que nela contém, nos termos do art. 19, §1º da Lei 6.015/973.

Prazo de validade de 30 dias para efeitos exclusivamente notariais.
Nada mais.

Botucatu, 27 de junho de 2018.

] Maria Clara da Silva Pinto Onório - Escrevente
] Maria Regina Sacco Campos - Escrevente
] Débora Franciele de Sá Toledo Piza - Escrevente
] Regina Lucia Cândido - Escrevente
] Michele T. F. dos Reis Guedes Nunes - Escrevente

Oficial.	R$ 30,69
Estado.	R$ 8,72
IPESP.	R$ 5,97
Reg.Civil.	R$ 1,62
Trib.Justiça.	R$ 2,11
ISS.	R$ 0,61
MP.	R$ 1,47
TOTAL.	R$ 51,19

Selos pagos por verba.
Emitido por ELZA APARECIDA PRIETO

CONTINUA NA FICHA N.º

A desapropriação amigável da Fazenda Rio Pardo foi feita por R$ 5,00. Isto mesmo: cinco reais. Para sorte de FHC, o entorno será valorizado. O projeto prevê, inicialmente, irrigação para as fazendas; depois, a criação de chácaras de recreio. (Imagem: 1º Oficial de Registro de Imóveis de Botucatu/Reprodução)

JUCESP
04 06 19

SEXTA ALTERAÇÃO CONTRATUAL DA

GOYTACAZES PARTICIPAÇÕES LTDA.

CNPJ/MF nº 15.160.958/0001-17 – NIRE – 35.22637422-9

Pelo presente instrumento,

LUCIANA CARDOSO, brasileira, solteira, bióloga, portadora da carteira de identidade n. 9.069.877, expedida pela SSP-SP, inscrita no CPF/MF sob o n. 075.996.468-84, residente e domiciliada na SQS 208, Bloco E, apto 204, Brasília, DF, CEP 70254-050;

BEATRIZ CARDOSO, brasileira, solteira, pedagoga, portadora da carteira de identidade n. 9.069.409, expedida pela SSP-SP, inscrito no CPF/MF sob o n. 065.841.778-90, residente e domiciliada na Rua Dr. Vila Nova, 215, apto. 72, São Paulo/SP, CEP 01222-020;

PAULO HENRIQUE CARDOSO, brasileiro, solteiro, sociólogo, portador da carteira de identidade n. 5.465.227, expedida pela SSP-SP, inscrito no CPF/MF sob o n. 011.793.768-11, residente e domiciliado na Av. Prefeito Mendes de Morais, n. 1.300, apto 1.701, São Conrado, Rio de Janeiro, RJ, CEP 22610-095;

na qualidade de únicos sócios da **GOYTACAZES PARTICIPAÇÕES LTDA.**, com sede na Rua Deputado Emílio Carlos, n. 696, Vila Campesina, Osasco, SP, CEP 06.028-000, inscrita no CNPJ/MF sob o nº. 15.160.958/0001-17, com seu contrato social registrado na Junta Comercial do Estado de São Paulo sob o NIRE 35.22637422-9, assim como suas subsequentes alterações:

1ª. — sob o nº 271.814/12-3, em 02/07/2012;
2ª. — sob o nº 14.952/13-0, em 23/01/2013;
3ª. — sob o nº 41.461/16-2, em 28/01/2016;
4ª. — sob o nº 527.432/16-7, em 06/12/2016, e;
5ª. — sob o nº 82.294/17, em 22/02/2017,

6ª Alteração Contratual de Goytacazes Participações Ltda.   Página 1 de 8

Quando foi fundada a Goytacazes, dona do canavial em Botucatu, Fernando Henrique era sócio-administrador da empresa. Depois, deixou a sociedade em nome dos filhos. Em junho de 2019, voltou. (Imagem: Jucesp/Reprodução)

Visto
Conferido
RG.: 9.251.072

resolvem:

1. Alterar o endereço da sede da sociedade para Edifício E-Tower, à Rua Funchal, 418, 35° andar, Vila Olímpia, CEP 04551-060, nesta Capital

2. Aumentar o capital da sociedade pelo valor de R$3.240.000,00 (três milhões, duzentos e quarenta mil reais), que serão representados por 3.240 (três mil, duzentas quarenta) novas quotas, no valor nominal unitário de R$1.000,00 (mil reais), passando o capital social dos atuais R$5.700.000,00 para R$8.940.000,00, a ser representado por 8.940 quotas no valor nominal unitário de R$1.000,00 (mil reais). As novas quotas representativas do aumento do capital da sociedade, com expressa renúncia do direito de preferência dos sócios, são subscritas em sua totalidade pelo novo sócio ora admitido, **FERNANDO HENRIQUE CARDOSO**, brasileiro, viúvo, sociólogo, portador da carteira de identidade n° 1.254.309, expedida pela SSP-SP, inscrito no CPF/MF sob o n. 062.446.028-20, residente e domiciliado na Rua Rio de Janeiro, n. 212, apto 81, São Paulo, SP, CEP: 01240-010, sendo que a sua integralização é realizada em moeda corrente nacional, mediante o aproveitamento do saldo de sua conta corrente existente na sociedade, de idêntico valor ao das quotas por ele subscritas, de R$3.240.000,00 (três milhões, duzentos e quarenta mil reais).

3. Tendo em vista o aumento do capital social estabelecido pelos sócios, este passa a ser dividido da seguinte forma entre os sócios:

Quotistas	Quotas	Valor
Luciana Cardoso	1.900	1.900.000,00
Beatriz Cardoso	1.900	1.900.000,00
Paulo Henrique Cardoso	1.900	1.900.000,00
Fernando Henrique Cardoso	3.240	3.240.000,00
Total	**8.940**	**8.940.000,00**

6ª Alteração Contratual de Goytacazes Participações Ltda.

Outra alteração registrada na Junta Comercial do Estado de São Paulo, em 2019, foi a troca do antigo endereço da Goytacazes em Osasco – o mesmo das empresas de Jovelino Mineiro – por um na Vila Olímpia, em São Paulo.
(Imagem: Jucesp/Reprodução)

Entre as atividades atuais da Goytacazes, inicialmente focada em agropecuária (cana-de-açúcar, pós-colheita) está agora a compra, venda, aluguel e loteamento de imóveis próprios. (Imagem: Jucesp/Reprodução)

JUCESP - Junta Comercial do Estado de São Paulo
Ministério da Indústria, Comércio Exterior e Serviços
Departamento de Registro Empresarial e Integração - DREI
Secretaria de Desenvolvimento Econômico

JUCESP
Junta Comercial do Estado de São Paulo

Ficha Cadastral - Quadro Societarios/Integrantes

Nº CONTROLE NA INTERNET	NIRE SEDE	NOME EMPRESARIAL
025794525-2	3522637422-9	GOYTACAZES PARTICIPACOES LTDA.

NOME DO INTEGRANTE						IDENTIFICAÇÃO
FERNANDO HENRIQUE CARDOSO						062.446.028-20
CNPJ	RG/RNE	DIGITO	DATA DE EXPEDIÇÃO	ORGÃO EMISSOR	UF	NACIONALIDADE
Sem C.N.P.J.	1254309		28/06/1967	SSP	SP	Brasileira
COR OU RAÇA						
Branca						

LOGRADOURO (rua, av, etc)			NÚMERO
RUA RIO DE JANEIRO			212
COMPLEMENTO	BAIRRO/DISTRITO		CEP
APTO 81	HIGIENOPOLIS		01240-010
MUNICIPIO		UF	PAIS
São Paulo		SP	Brasil

TIPO DE OPERAÇÃO	TIPO DE INTEGRANTE	USO DA FIRMA
Admissão	Pessoa Fisica	Não
PARTICIPAÇÃO		
Participação no Capital: R$	3.240.000,00 - TRÊS MILHÕES, DUZENTOS E QUARENTA MIL REAIS	

CARGOS		
Sócio (entrada)	Inicio do Mandato: 15/02/2019	Término do Mandato:

REPRESENTADOS
NENHUM

DADOS COMPLEMENTARES

FHC negou peremptoriamente, em 2018, que tivesse fazenda. No ano seguinte, aliou-se novamente aos filhos Beatriz, Luciana e Paulo Henrique Cardoso. Mas com a maior das quatro participações, colocando mais R$ 3,24 milhões na empresa. (Imagem: Jucesp/Reprodução)

203

24/04/2019 — Comprovante de Inscrição e de Situação Cadastral

REPÚBLICA FEDERATIVA DO BRASIL

CADASTRO NACIONAL DA PESSOA JURÍDICA

NÚMERO DE INSCRIÇÃO 15.166.958/0001-17 MATRIZ	COMPROVANTE DE INSCRIÇÃO E DE SITUAÇÃO CADASTRAL	DATA DE ABERTURA 15/02/2012

NOME EMPRESARIAL
GOYTACAZES PARTICIPACOES LTDA.

TÍTULO DO ESTABELECIMENTO (NOME DE FANTASIA) ********	PORTE DEMAIS

CÓDIGO E DESCRIÇÃO DA ATIVIDADE ECONÔMICA PRINCIPAL
01.63-6-00 - Atividades de pós-colheita

CÓDIGO E DESCRIÇÃO DAS ATIVIDADES ECONÔMICAS SECUNDÁRIAS
01.19-9-99 - Cultivo de outras plantas de lavoura temporária não especificadas anteriormente 01.51-2-01 - Criação de bovinos para corte 01.61-0-99 - Atividades de apoio à agricultura não especificadas anteriormente 01.62-8-99 - Atividades de apoio à pecuária não especificadas anteriormente 68.10-2-01 - Compra e venda de imóveis próprios 68.10-2-02 - Aluguel de imóveis próprios 68.10-2-03 - Loteamento de imóveis próprios 64.63-8-00 - Outras sociedades de participação, exceto holdings

CÓDIGO E DESCRIÇÃO DA NATUREZA JURÍDICA
206-2 - Sociedade Empresária Limitada

LOGRADOURO R DEPUTADO EMILIO CARLOS	NÚMERO 696	COMPLEMENTO

CEP 06.028-000	BAIRRO/DISTRITO VILA CAMPESINA	MUNICÍPIO OSASCO	UF SP

ENDEREÇO ELETRÔNICO jocosta@costamello.com.br	TELEFONE (11) 2145-3333

ENTE FEDERATIVO RESPONSÁVEL (EFR) *****

SITUAÇÃO CADASTRAL ATIVA	DATA DA SITUAÇÃO CADASTRAL 15/02/2012

MOTIVO DE SITUAÇÃO CADASTRAL

SITUAÇÃO ESPECIAL ********	DATA DA SITUAÇÃO ESPECIAL ********

Aprovado pela Instrução Normativa RFB nº 1.634, de 06 de maio de 2016.

Emitido no dia **24/04/2019** às **10:07:55** (data e hora de Brasília).

Página: **1/1**

https://www.receita.fazenda.gov.br/PessoaJuridica/CNPJ/cnpjreva/Cnpjreva_Comprovante.asp

Até 2018, o email no endereço contábil da Goytacazes Participações era o de José de Oliveira Costa, advogado de FHC e de Jovelino Mineiro.
(Imagem: Ministério da Fazenda/Reprodução)

Recepta Biopharma S.A.

CNPJ/MF nº 07.896.151/0001-19 - NIRE 35.300.329.287

Ata da Assembleia Geral Ordinária e Extraordinária Realizada em 28 de Abril de 2015

1. Data, Hora e Local: no dia 28.04.2015, às 15h, na sede da Recepta Biopharma S.A., localizada em São Paulo/SP, na Rua Tabapuã, nº 1.123 sala 36, parte, CEP 04.533-014 ("**Companhia**"). **2. Convocação e Presença:** a publicação do edital de convocação foi dispensada tendo em vista o comparecimento de acionistas representando a totalidade do capital social da Companhia. Presentes, ainda, os Diretores da Companhia José Fernando Perez e José Barbosa Mello, e o auditor independente, representante da PricewaterhouseCoopers, Sr. Adriano Formosinho Correia. **3. Composição da Mesa:** José Fernando Perez - Presidente; e José Barbosa Mello - Secretário. **4. Publicações:** A falta de publicação dos avisos de que trata o artigo 133 da Lei nº 6.404/76 ("**Lei das S.A.**") foi sanada na forma de seu § 4º do artigo 133. Os documentos referidos no artigo 133 da Lei das S.A. foram publicados no Diário Oficial do Estado de São Paulo e no jornal Diário Comercial, em edição de 16 de abril de 2015, nas folhas 68/69 e 17, respectivamente. **5. Ordem do Dia:** discutir e deliberar, (a) em Assembleia Geral Ordinária, sobre (i) o relatório da administração e as demonstrações financeiras da Companhia referentes ao exercício social encerrado em 31.12.2014

(reais), cuja alocação será definida pelo Conselho de Administração; **6.4.** Aprovaram a reeleição dos membros do Conselho de Administração da Companhia, com mandato de 2 (dois) anos, a se encerrar na data da Assembleia Geral Ordinária que deliberar sobre o exercício social encerrado em 31.12.2016: (i) **José Fernando Perez**, brasileiro, casado, físico e engenheiro, portador da cédula de identidade RG nº 4.578.289-1 SSP/SP, inscrito no Cadastro Nacional de Pessoa Física do Ministério da Fazenda ("**CPF/MF**") sob o nº 730.524.268-34, residente e domiciliado na Cidade de São Paulo, Estado de São Paulo, na Rua Jacques Felix, nº 226, apartamento 81, CEP 04.509-000; (ii) **Emílio Alves Odebrecht**, brasileiro, casado, engenheiro civil, portador da Cédula de Identidade RG nº 333.453-84 SSP/BA, inscrito no CPF/MF sob o nº 004.403.965-49, residente e domiciliado na Cidade de Salvador, Estado da Bahia, na Alameda das Catabas, nº 1.123, apartamento 302, CEP 41.820-440; (iii) **Jovelino Carvalho Mineiro Filho**, brasileiro, casado, empresário rural, portador da Cédula de Identidade RG nº 4.275.384 SSP/SP, inscrito no CPF/MF sob o nº 759.796.248-72, residente e domiciliado na Cidade de São Paulo,

constante no **Anexo I** a esta ata. **8. Encerramento:** Nada mais havendo a tratar, a palavra foi oferecida a todos que dela quisessem fazer uso, ninguém se manifestando, a reunião foi suspensa pelo tempo necessário à lavratura da presente ata, reaberta a sessão, a ata foi lida em alto e bom som e estando em conformidade, foi assinada por todos os acionistas presentes. **9. Certidão:** O presidente e o secretário da mesa certificam que a presente ata é cópia fiel da lavrada no livro. **10. Assinaturas:** Mesa: José Fernando Perez - Presidente; e José Barbosa Mello - Secretário. Diretores presentes: José Fernando Perez e José Barbosa Mello. Auditor presente: Adriano Formosinho Correia. Acionistas presentes: BNDES Participações S.A. - BNDESPAR (por Pedro Marinho Abreu), Ludwig Institute for Cancer Research (por Stephen Charles O'Sullivan) Ouro Preto Participações S.A. (por José de Oliveira Costa) PR&D Biotech S.A. (por José Fernando Perez) EAO - Empreendimentos Agropecuários e Obras S.A. (por José de Oliveira Costa) e JBFON Serviços de Engenharia Ltda. (por José Barbosa Mello). Mesa: José Fernando Perez - Presidente; José Barbosa Mello - Secretário. JUCESP nº 248.795/15-6 em 12/06/2015. Flávia Regina Britto - Secretária Geral.

---

60 – São Paulo, 125 (35) Diário Oficial Empresarial terça-feira, 24 de fevereiro de 2015

ASSOCIAÇÃO PRÓ-DANÇA
CNPJ nº 11.039.916/0001-01
Relatórios Financeiros e de Execução de Contrato de Gestão

Parecer do Conselho Fiscal

Os membros do Conselho Fiscal examinaram as contas e o balanço da Associação Pró-Dança, referentes ao exercício encerrado em 31/12/2014, e decidiram apresentá-los ao Conselho de Administração, opinando pela sua aprovação.

José Abramovicz - Presidente Durval Borges Morais Joaquim José de Camargo Engler

Conselho de Administração

José Fernando Perez - Presidente Henri Philippe Reichstul Ricardo Campos Caiuby Ariani
Maria do Carmo Abreu Sodré Mineiro - Vice Presidente Jorj Petru Kalman José de Oliveira Costa
  João Roberto Vieira da Costa Teodoro Ferreira Mendes
Eduardo Bernardes da Silva Lygia da Veiga Pereira Carramaschi Walter Appel
Eric Alexander Klug

Inês Vieira Bogéa - Diretora Executiva e Artística - CPF 514.174.306/30 Flávia Roberta Mendes - CRI 1SP221432/O-7 CPF 161.267.458/32 Monello Contadores - CRC 2SP014827/O-8

Jovelino Mineiro e Emílio Odebrecht são sócios. Eles já foram representados por José de Oliveira Costa, advogado de FHC e das famílias Mineiro e Abreu Sodré. (Imagens: Reprodução)

Moro – 09:07:39 – Tem alguma coisa mesmo seria do FHC? O que vi na TV pareceu muito fraco?
Moro – 09:08:18 – Caixa 2 de 96?
Dallagnol – 10:50:42 – Em pp sim, o que tem é mto fraco
Moro – 11:35:19 – Não estaria mais do que prescrito?
Dallagnol – 13:26:42 – Foi enviado pra SP sem se analisar prescrição
Dallagnol – 13:27:27 – Suponho que de propósito. Talvez para passar recado de imparcialidade
Moro – 13:52:51 – Ah, não sei. Acho questionável pois melindra alguém cujo apoio é importante

Dallagnol – 11:42:54 – Caros o fato do FHC é só caixa 2 de 96? Não tá prescrito? Teve inquérito?
Sérgio Bruno Cabral Fernandes – 11:51:25 – Mandado pra SP
Sérgio Bruno Cabral Fernandes – 11:51:44 – Não analisamos prescrição
Dallagnol – 13:26:11 – 👍👍😄

Paulo Galvão – 20:35:08 – porra bomba isso
Roberson – 20:35:20 – MPF Pois é!!!
Roberson – 20:35:39 – O que acha da ideia do PIC ?
Roberson – 20:35:47 – Vai ser massa!
Paulo Galvão – 20:35:51 – Acho excelente sim Robinho
Roberson – 20:36:47 – Legal! Se os demais tb estiverem de acordo, faço a portaria amanha cedo
Roberson – 20:38:08 – Acho que vale até uma BA na Secretaria da iFHC que mandou o email. Ela é secretária da Presidencia!
Laura Tessler – 20:38:36 – Sensacional esse email!!!!
Roberson – 20:38:48 – Mais, talvez pudessemos cumprir BA nos três concomitantemente: LILS, Instituto Lula e iFHC

Paulo Galvão – 20:35:08 – porra bomba isso
Roberson – 20:35:20 – MPF Pois é!!!
Roberson – 20:35:39 – O que acha da ideia do PIC ?
Roberson – 20:35:47 – Vai ser massa!
Paulo Galvão – 20:35:51 – Acho excelente sim Robinho
Roberson – 20:36:47 – Legal! Se os demais tb estiverem de acordo, faço a portaria amanha cedo
Roberson – 20:38:08 – Acho que vale até uma BA na Secretaria da iFHC que mandou o email. Ela é secretária da Presidencia!
Laura Tessler – 20:38:36 – Sensacional esse email!!!!
Roberson – 20:38:48 – Mais, talvez pudessemos cumprir BA nos três concomitantemente: LILS, Instituto Lula e iFHC

Diogo – 21:44:28 – Mas será q não será argumento pra defesa da lils dizendo q eh a prova q não era corrupção?
Welter – 21:51:24 – 149967.ogg
Roberson – 22:07:24 – Pensei nisso tb. Temos que ter um bom indício de corrupção do fhc/psdb antes
Dallagnol – 22:14:24 – Claro
Dallagnol – 22:18:00 – Será pior fazer PIC, BA e depois denunciar só PT por não haver prova. Doação sem vinculação a contrato, para influência futura, é aquilo em Que consiste TODA doação eleitoral

Conversas divulgadas em junho de 2019 pelo jornal The Intercept Brasil mostraram conversas entre o juiz Sérgio Moro e os procuradores da Lava Jato. Em relação à possibilidade de investigar FHC, Moro questionou: "Melindra alguém cujo apoio é importante". (Imagens: The Intercept Brasil/Reprodução)

Em 2018, já tinham sido divulgados emails onde Fernando Henrique aparece pedindo, em 2010, doações a candidatos tucanos. Em diálogo com Marcelo Odebrecht, ele disse: "O de sempre". (Imagens: Globo News/Reprodução)

Empresas do grupo Odebrecht fizeram doações também ao Instituto FHC, hoje Fundação FHC, conforme email divulgado pelo Intercept Brasil. (Imagem: The Intercept Brasil)

Fernando Henrique Cardoso no Twitter: respeito a Sérgio Moro, deselegância com Alan García e uma evocação do que escreveu: "Basta ler meus Diários da Presidência para ver como agi". (Imagens: Twitter/Reprodução)

*Denúncia de Odebrecht contra FHC foi arquivada em menos de dois meses.
(Imagem: Reprodução)*

CONCLUSÃO

Blindagem de Fernando Henrique vai além da Lava Jato

Reportagem de capa da revista CartaCapital mostrou que prefeitura pagou R$ 5 por canavial de FHC, mas imprensa brasileira prefere achar que isso não seja uma notícia

Uma das revistas CartaCapital[1] que circularam em julho de 2018 publicou reportagem de capa sobre Fernando Henrique Cardoso. Título: "O príncipe da casa-grande". Com novidades em relação à série de 27 textos publicados dois meses antes no De Olho nos Ruralistas. E uma tentativa de apresentar os diversos personagens da trama, dos empreiteiros aos pecuaristas, dos políticos aos amantes das artes.

Combinei com Mino Carta que contaríamos tudo em dois textos: um de dez páginas, outro de quatro páginas. Título da reportagem de abertura: "O príncipe canavieiro e sua corte". Logo no início, informações apuradas em cartório de Botucatu (SP):

Cinco reais. Esse foi o preço pago pela prefeitura de Botucatu pelos 36,54 hectares de uma das duas fazendas da família de Fernando Henrique Cardoso no município do centro-sul paulista, em 29 de maio. Uma empresa em nome dos três filhos do ex-presidente tem no local duas propriedades rurais: a rigor, um canavial localizado em região de mananciais, numa Área de Proteção Ambiental. Repetindo o preço pago pelas terras: 5 reais.

Houve um acordo amigável: a Fazenda Rio Pardo já tinha sido expropriada, em março, para a construção de uma represa. A cifra investida em 2012 pela empresa Goytacazes Participações, na

---

1 CARTACAPITAL. 18/07/2018. Disponível em: https://www.cartacapital.com.br/

época administrada por FHC, foi de 643 mil reais. A filha Luciana Cardoso esteve com o prefeito Mário Pardini, do PSDB, em abril, para selar o acordo. O bem já estava somente nos nomes dela, da irmã Beatriz e do irmão Paulo Henrique.

Os dados do 1º Oficial de Registro de Imóveis da Comarca de Botucatu, no interior paulista, mostram que a outra fazenda da família, a Três Sinos, manteve-se até agora intacta. O processo de desapropriação (40 hectares do total de 204,77 hectares) está correndo. Com isso, os filhos de FHC receberão mais 5 reais. Assim como a Rio Pardo, contígua, a Três Sinos foi comprada em 2012 dos mesmos donos, parentes do industrial Ivan Zarif (eles mantiveram propriedades homônimas na mesma região), falecido no ano anterior. Preço: R$ 3,6 milhões de reais. Total pago pelas duas propriedades: R$ 4,23 milhões".

A previsão de que os Cardoso receberiam mais R$ 5 pela cessão de uma fatia da outra propriedade ainda não se confirmou. A atualização final para este livro, em junho de 2019, mostra que a Fazenda Três Sinos continua pertencendo a Beatriz, Luciana e Paulo Henrique Cardoso, por meio da Goytacazes Participações. A única novidade é que Fernando Henrique retornou à sociedade. E, portanto, voltou a ser dono do canavial remanescente.

MINO CARTA APONTA 'FALTA DE ESCRÚPULOS'

Diante das informações sobre o ex-presidente, o diretor de redação de CartaCapital, Mino Carta, escreveu um editorial da revista, naquela edição de julho de 2018, com o seguinte título: "O príncipe e o plebeu".

"Um amealhou fortuna e poder sem correr riscos", dizia a outra chamada do editorial, em comparação direta entre Fernando Henrique Cardoso e Luiz Inácio Lula da Silva. "O outro, culpado ser favorito da próxima eleição, está preso sem crime".

Vejamos:

"Há dois conjuntos distintos de princípios. Os princípios do poder e do privilégio de um lado, os princípios da verdade e da justiça do outro. Buscar verdade e justiça implica diminuição do poder e do privilégio, buscar poder e privilégio sempre se dará às expensas da verdade e da justiça", Chris Hedges - Jornalista estadunidense que se apresenta como cristão anarquista.

Às vésperas da eleição de 1994, entrevistei Fernando Henrique Cardoso. O propósito era ir às bancas logo após o pleito, o que de fato se deu. Foi a terceira capa de CartaCapital.

No início da entrevista, evoquei a visita de Jean-Paul Sartre a São Paulo, em 1963, quando FHC, aos 31 anos, foi um dos cicerones do autor de A Idade da Razão. Comentei: "Então você era bem vermelhinho". Respondeu de bate-pronto: "Não, não, eu já misturava Marx com Weber".

Observei que no prefácio do seu primeiro livro, tese de doutorado em Sociologia, Capitalismo e Escravidão no Brasil Meridional, ele mesmo escrevera ter empregado o "método dialético marxista". Agradeceu pela lembrança e admitiu: "Sim, é verdade, mas tirei a referência do prefácio da segunda edição".

Era "vermelhinho" havia muito tempo. Em 1953, foi para a calçada para torcer por Emil Zátopek, vencedor da São Silvestre com folga, porque o "Locomotiva Humana" tcheco era atleta comunista. Já naquele tempo, Fernando Henrique segredava aos amigos o projeto de ser algum dia presidente da República, ou, como alternativa viável, cardeal.

Denodado esquerdista, fugiu para o Chile depois do golpe de 1964 sem que a tanto o forçassem os militares, e lá, em parceria com Enzo Falletto, escreveu A Teoria da Dependência, destinada a afirmar sua irremediável descrença em relação ao empresariado brasileiro.

Para tornar-se presidente, ele cuidou de abjurar, e o fez com gosto. "Esqueçam o que eu disse", recomendou. De todo modo, Antonio Carlos Magalhães já alertara na segunda edição de CartaCapital mensal: ele não é tão de esquerda assim...

Na Presidência, o projeto inicial ganhou consistência. Conseguiu, em oito anos, comandar a maior bandalheira-roubalheira da história pátria com a privatização das Comunicações, comprar votos para conseguir a alteração constitucional que permitiu a reeleição e quebrar o País três vezes.

Ao chegar ao poder, Lula encontrou uma dívida monumental e as burras vazias. Atenção: durante o governo de FHC, a Petrobras passou, como sempre, por variados episódios de corrupção.

Na reportagem de capa desta edição, Alceu Luís Castilho, há tempos dedicado à tarefa, conta como o nosso herói se tornou o príncipe da casa-grande, com todos os benefícios devidos a personagem tão imponente no centro de um enredo sobre a conquista do poder na sua acepção mais ampla e, se quisermos, estarrecedora.

Os protagonistas ocupam, no mínimo, uma ala conspícua da mansão senhorial graças a manobras ardilosas de origem nem tão antiga, embora, para dizer pouco, muito além de suspeita. A família de um professor universitário aposentado, como será provado, e seus apaniguados e comparsas, empenham-se com extrema eficácia e total falta de escrúpulos em busca de privilégio e riqueza. Leiam e pasmem.

PERGUNTAS A SEREM RESPONDIDAS

Quando foi publicada a série inicial de reportagens, em maio de 2018, assinalamos que não cabe à imprensa "investigar" ou "denunciar", embora essas palavras sejam utilizadas para definir reportagens mais elaboradas. Jornalistas não são promotores nem delegados, ainda que exerçam o chamado jornalismo investigativo.

Mas isso não significa que a imprensa não deva ser crítica. E contundente. E que, em meio às histórias políticas e empresariais (que precisam ter uma vida própria), faça algumas singelas perguntas, algumas considerações em torno do reino dos fatos. Diante das lacunas que se apresentam e das contradições envolvendo os personagens principais.

Uma das perguntas é: qual o papel efetivo de Jovelino Mineiro na construção da ideia de uma represa em Botucatu? Por que o prefeito faz um agradecimento específico a ele no caso das desapropriações, se ele já vendeu a sua empresa - vizinha do canavial de FHC - para os holandeses? Foi dele a ideia da represa?

Outra questão a ser esmiuçada está nas mudanças ocorridas em 2019 na Goytacazes Participações. Com o retorno de Fernando Henrique à sociedade e o aumento do capital social, mudaram também as descrições das atividades econômicas principal e secundárias, conforme o comprovante de inscrição no Cadastro Nacional da Pessoa Jurídica (CNPJ).

Em 2015, por exemplo, a atividade econômica principal era o plantio de cana-de-açúcar. Agora, "atividades de pós-colheita". As atividades secundárias, naquele ano, eram três: criação de bovinos, cultivo de outras plantas de lavoura temporária e "outras sociedades de participação, exceto holdings".

Essas três atividades secundárias foram mantidas. Mas a elas foram adicionadas outras. Uma delas, "atividades de apoio à agricultura não especificadas anteriormente". Até aí tudo bem. Mas os outros itens são mais intrigantes: "compra e venda de imóveis próprios", "aluguel de imóveis próprios" e "loteamento de imóveis próprios".

Ou seja: FHC e os filhos ganharão também dinheiro com especulação imobiliária? Isso inclui a possibilidade de lotearem a propriedade em Botucatu? Ele manterá a propriedade como um canavial, após a construção de represa? Existe a possibilidade de se construir ali uma chácara de recreio?

Mas há outras dúvidas. Por que o advogado de FHC representou Emílio Odebrecht numa assembleia? E por que, após a publicação da série de reportagens sobre o ex-presidente, em 2018, ele deixou a direção da Fundação Fernando Henrique Cardoso?

Por que Fernando Henrique passou alguns anos fora da Goytacazes Participações e, em 2019 (após assinalar uma certa distância olímpica), voltou a ser dono de um rústico canavial?

Para quem a família Cardoso arrenda essas terras?

Fernando Henrique Cardoso é um apoiador da Lava Jato, como definiu o ministro da Justiça, Sérgio Moro, quando era o juiz mais famoso dessa operação?

Por que o sociólogo decidiu encerrar uma trajetória política eloquente como um canavieiro?

ALIADO DE QUEM, CONTRA QUEM?

O segundo texto publicado em CartaCapital em julho de 2018 fazia referência ao filme "A Grande Beleza" (2013), do italiano Paolo Sorrentino, Oscar de filme estrangeiro em 2014. Tentei fugir um pouco da comparação mais óbvia com a "Doce Vida" de Federico Fellini, o clássico de 1960 sobre um certo decadentismo romano.

A decadência com espírito de elegância é tema central do filme de Sorrentino. Jep Gambardella é um *bon vivant*, mas não exatamente desprovido de melancolia. Pareceu-me uma opção mais próxima de Fernando Henrique Cardoso. Como se a *dolce vita* tivesse sido desbotada com o tempo - e adaptada para o cenário brasileiro.

O próprio nome do filme, "A Grande Beleza", me faz lembrar outro clássico do cinema italiano, "A Comilança" (1973), de Marco Ferreri. Principalmente por causa de seu título original, "La Grande Abbuffata". Os protagonistas, interpretados por Ugo Tognazzi, Philippe Noiret, Michel Piccoli e Marcello Mastroianni (não por acaso, o astro da Dolce Vita) instalam-se numa casa nos arredores de Paris para se empanturrarem. Até morrer.

"A Grande Beleza" mostra uma sociedade enfastiada. Mas que tenta se abrigar de sua decadência - política, moral - nos contornos da arte, essa que brota quase espontaneamente nas ruas de Roma. Jep Gambardella vive em frente do Coliseu e promove festas no terraço, reunindo a fina flor da elite italiana.

O paralelo com a vida mundana de FHC não exige maiores elaborações. Comemorado na Sala São Paulo, o aniversário de 80 anos de Fernando Henrique (presidente de honra da Fundação Osesp) reuniu personagens importantes deste livro. Cerimônia de beija-mão, por um lado, de ostentação, por outro. Devidamente repercutida nas chamadas colunas sociais.

A simpatia da imprensa em relação a Fernando Henrique Cardoso compõe a outra face dessa moeda que sempre cai em pé. Ela não incomodará o sociólogo-empresário, não porque ele já esteja perto dos 90 anos ou por causa daquele sorriso condescendente, quase bonachão - aquele ar de quem já viu tudo.

Mas porque ele representa como poucos o status quo, e por isso será sempre "o aliado". Mesmo que a cafajestagem política em curso desafie os resquícios de estética no Palácio da Alvorada, é como se o Brasil tivesse em Fernando Henrique seu príncipe, aquele com o qual a elite pode contar para lavar sua imagem - aquele que não a fará ruborizar. Independente do que tenha feito em outros carnavais. Canaviais. Mananciais.

Sobre o Autor

Alceu Luís Castilho decidiu pesquisar sobre Fernando Henrique Cardoso após assistir à reportagem no Jornal Nacional, em abril de 2017, em que Emílio Odebrecht apontava caixa 2 para campanhas eleitorais do ex-presidente. Seguida de uma resposta evasiva do sociólogo.

Formado em jornalismo pela Universidade de São Paulo, em 1994, trabalhou por alguns anos na grande imprensa. Em 1999, quando era repórter do jornal O Estado de S. Paulo, foi o vencedor do Prêmio Fiat Allis (hoje CNH) de Jornalismo Econômico, na categoria Jornais.

Nos anos 2000, fez a primeira aposta na imprensa independente, ao fundar a Agência Repórter Social. Reportagens publicadas pela agência na revista Educação ganharam menção honrosa no Prêmio Vladimir Herzog de Anistia e Direitos Humanos e o Prêmio Andifes de Jornalismo.

Em 2012, lançou o livro "Partido da Terra - como os políticos conquistam o território brasileiro" (Editora Contexto). Um ciclo de debates sobre o livro deu origem ao De Olho nos Ruralistas, um observatório jornalístico sobre o agronegócio no Brasil, lançado como portal em 2016.

O autor coordena o observatório, que tem como uma de suas missões identificar os impactos sociais e ambientais do agronegócio. A série de reportagens "FHC, o Fazendeiro", publicada em maio de 2018, motivou a publicação deste livro.

Impresso por :

gráfica e editora

Tel.:11 2769-9056